LES
ELEGIES DE
P. DE RONSARD,
GENTILHOMME
Vandomois.

A TRES-VERTVEVX SEIGNEVR,
Anne Duc de Ioyeuse, Pair & Ad-
miral de France, Gouuerneur de Nor-
mandie.

TOME VI.

A PARIS,
Chez NICOLAS BVON, au mont S.
Hilaire, à l'enseigne S. Claude.
M. DCIIII.
Auec Priuilege du Roy.

Versib' impariter iūctis querimonia primū,
Pòst etiā inclusa est voti sētétia cōpos. Hor.

Les vers de l'Elegie au premier furent faits
Pour y chanter des morts les gestes & les faicts,
Ioincts au son du cornet : maintenant on compose
Diuers suicts en elle, & reçoit toute chose.

Amour pour y regner en a chassé la mort ;
Les vieux Grammairiens entre eux sont en discord
Qui premier l'inuenta : mais leur cause plaidée
Pend au croq sous le iuge, & n'est encor' vuidée.

Encores au Lecteur.

Soit courte l'Elegie en trente vers comprise,
Ou en quarante au plus : Le fin Lecteur mesprise,
Ces discours, ces narrez aussi grands que la mer.
Il faut de maint rempart ta langue r'enfermer,
Qui veut toussiours causer, toussiours parler & dire,
Et reserrer ta main qui bouillonne d'escrire.

Il faut du premier vers conter sa passion,
Et la suyure toussiours, si quelque fiction
Rare ne suruenoit pour orner ton ouurage.
En deux lignes acheue & non en d'auantage
Ton suiet soit pressé sans trancher l'autre vers
Autant que tu pourras sans courir de trauers :
Soit toussiours simple & vn, & que ta fin pregnante
Tire sur l'Epigramme vn peu douce & poignante.

Si i'eusse composé la meilleure partie de
ces Elegies à ma volonté, & non par exprés
cōmandemét des Rois, & des Princes, i'eusse esté curieux de la briéueté : mais il à fallu
satisfaire au desir de ceux qui auoient puissance sur moy, lesquels ne trouuent iamais
rien de bon, ny de bien fait, s'il n'est de large
estenduë, & comme on dit en prouerbe,
aussi grand que la Mer.

EPITHALAME DE

MONSEIGNEVR LE

Duc de Ioyeuse, Pair & Admiral
de France, Gouuerneur de Nor-
mandie.

IOYEVSE, *suy ton nom, qui ioyeux*
te conuie
A iouyr doucement d'vne ioyeuse vie
Puis que ta destinée a surmonté le sort
De Fortune & conduit ta nauire à
bon port,
Qui maintenant de fleurs au haure est couronnée,
Portant dessus le mast le flambeau d'Hymenée.

Le iour que tu nasquis, d'artifice subtil
La Parque te trama les replis d'vn beau fil,
Et t'en fit vn present de ton bien desireuse,
Pour voir passer ta vie en toute chose heureuse.

Car à peine la barbe a crespé ton menton
De la douce toison de son premier cotton,
Qu'armé de la vertu non vulgaire & commune
Tu presses sous tes pieds, l'Enuie & la Fortune.
Des peuples bien-aimé, de ton Prince cheri,
Des Muses & de Mars à l'égal fauori:
Les Muses te chantant, & Mars dés ta ieunesse
Signalant ta valeur d'honneur & de prouesse

A ij

Ie te voy, ce me semble, au milieu des tournois
Vn Astre sur la teste, & au dos le harnois,
Accompagné d'Amour enuoyer iusqu'aux nuës
Les tronçons esclatez de tes lances rompuës.

Ie voy dessus l'acier de ton fort coutelas
Tomber & morions & pennaches à bas:
Ie te voy foudroyant combatre à la barriere,
Et poudroyant le camp d'vne viste carriere
(Comme ces vieux guerriers aux armes bien apris)
Donner dedans la bague, & t'honorer du prix:
Et sur tous en valeur paroistre sur la place.

Puis le soir ensuiuant quand Vesper de sa face
Aura bruni le Ciel au poinct que le iour faut,
Ie te voy preparer pour vn plus doux assaut,
Non moins aspre au mestier de Cyprine la belle,
Que vaillant aux combats quand la guerre t'appelle.

Ie voy desia le soir des Amans attendu,
Ie voy desia le lict par les Graces tendu,
Qui dansent à l'entour, & versent à mains pleines
Myrtes, Roses & Lis, Oeillets & Marjolaines.
Venus pour honorer ce soir tant desiré,
Dedans son char portée à deux Cygnes tiré
Fendra l'air pour venir, & sur la couuerture
De ta couche nopciere estendra sa ceinture,
Afin que son Ceston d'vnion composé
Serre à iamais l'espousé auecques l'espousé.

Les Amours t'éuentant à petits branles d'ailes
T'allumeront le cœur de cent flames nouuelles.
Ie les voy, ce me semble, vn desia destacher
Ta robe, & doucement dans le lict te coucher,
Te parfumer d'odeurs, & de la mariée
L'autre qui la ceinture a desia desliée,

Et luy verser aux yeux mille Graces à fin
Qu'vne si sainte amour ne prenne iamais fin:
Mais d'âge en âge croisse autant ferme enlacée
Que la Vigne tient l'Orme en ses plis embrassée.

La parole est le feu, qui les Amans conioint,
Les baisers colombins ne vous defaillent point:
Que chaque membre face en si doux exercice,
Comme poussez d'amour, tout amoureux office:
Et de vostre bon-heur heureusement contens,
Cueillez sein contre sein les fleurs de vos Printemps,
Car l'âge le meilleur s'enfuis dés la ieunesse,
Et en sa place vient la mort & la vieillesse.

Ie voy, ce semble, Hymen protecteur des humains,
Le brodequin és pieds, la flambeau dans les mains,
Hymen conseruateur des noms & des familles,
Separer en deux rangs les garçons & les filles,
Et les faire chanter à l'entour de ton lit,
Esclairez de son feu qui ta nopce embellit.

I'oy desia de leurs pas la cadance ordonnée,
I'oy toute la maison ne sonner qu'Hymenée,
Et le cornet à l'huis faire vn bruit, pour n'oüir
Les cris qui en pleurant la feront resiouïr,

La concorde à iamais en ta maison seiourne,
Y seiourne la Foy, & que l'an ne retourne
Sans vn petit Ioyeux, qui resemble à tous deux,
Pour faire pere & mere ensemble bien ioyeux:
A fin que ta vertu d'vn tel Prince appuyée,
Et au sang des Lorrains d'vn nœud ferme alliée:
Luise vn nouueau Soleil, priuant de sa clarté
Ceux qui seront ialoux de ta felicité.

A iij

AV ROY HENRY III.

ELEGIE I.

E ressemble, mon Prince, au Prestre d'A-
pollon,
Qui n'est iamais attaint du poignāt aiguillō
Ou soit de Prophetie, ou soit de Poësie,
S'il ne sent de son Dieu son ame estre saisie.
Mais alors que Phæbus qui fait à son costé
Sonner l'arc & le luth, quitte le Ciel voûté,
Et vient voir ses autels, ses festes & son temple,
Son Ministre soudain qui le voit & contemple
Et le reçoit en soy, essarouché d'horreur
Se trouble tout le sang d'vne ardente fureur,
Et Prophete deuient sous le Dieu qui le presse,
Puis son Dieu le laissant, sa fureur le delaisse:
Monstrant par tel accez que nostre humanité
N'est sinon le iouët de la diuinité,
Tantost plein, tantost vuide, autant que veut la Grace
Du Ciel qui coûrte en nous ou large en nous s'amasse,
Pour ce trois fois heureux ceux ausquels est permis
De voir les Dieux de prés & se les rendre amis.
Ainsi quand par fortune, ou quand par maladie
Ie m'absente de vous, ma Muse est refroidie,
Parnasse & ses deux fronts me semblent des deserts,
Et pour moy se tarit la fontaine des vers.
Ie me sens transformé, comme si le breuuage

De Circe auoit charmé ma voix & mon courage:
Tant ma langue s'arreste à mon palais tout court.

Mais lors que ie retourne au temple de la court,
Et que ie voy Henry l'Apollon qui m'inspire,
Soudain ie me descharme & ma langue veut dire
Les honneurs d'vn tel Prince, & me sens r'enchanter
D'vn nouuel entousiasme afin de mieux chanter
Vostre vertu qui regne au monde sans egale,
Et tousiours vous chantant mourir vostre Cigale.

C'est pourquoy ie retourne à baiser vos genous
Pour réchaufer mon sang en m'approchant de vous,
Et aussi mon grand Roy, pour oser satisfaire
A vos commandemens, s'il vous plaist de m'en faire.
Ne vous arrestez point à la vieille prison
Qui enferme mon corps, ny à mon poil grison,
A mon menton fleuri: mon corps n'est que l'escorce,
Seruez-vous de l'esprit, mon esprit est ma force.
Le corps doit bien tost redre en vn tombeau poudreux
Aux premiers elemens cela qu'il a pris d'eux:
L'esprit viura tousiours qui vous doit faire viure,
Au moins tant que viuront les plumes & le liure.

Quand i'auray c'est honneur soit de vous rencôtrer
Sortant de vostre chambre, où soit pour y entrer,
Ie vous suply de dire (& aussi ie l'espere)
Celuy fut éleué par les mains de mon pere,
Par mes freres nourri, & de moy bien aimé:
Il fut l'vn des premiers qui de gloire allumé
Fit passer mon langage aux nations estranges,
Ornant ma race & moy d'honneurs & de louanges,
Et monstra le chemin encores non battu
A mes nobles François de suiure la vertu.
Ne faites point vers moy ainsi qu'vn mauuais maistre

A iiij

Fait enuers son cheual, ne luy donnant que paistre,
(Encor qu'il ait gaigné des batailles sous luy)
Lors que la maladie, ou le commun ennuy
D'vn chacun, la vieillesse, accident sans resource,
Refroidit ses iarrets, & empesche sa course.

Mais suiuez Scipion qui bastit son Tombeau
Sur Carthage, & qui nq' ne fit rien de si beau
Qu'enterrer prés de soy, pour honorer sa gloire,
Le bon pere Ennius chantre de sa victoire;
Afin que vif & mort il eust à son costé
La Muse qui auoit à sa race apporté
Plus de Lauriers sacrez, que n'auoit son espée
Au sang des ennemis tant de fois retrempée.
Car vaincre Hannibal & pouuoir par ses mains
Destourner le bon-heur de Carthage aux Romains,
C'estoit vn œuure grand dependant de Fortune,
Qui se monstre à chacun egalemement commune:
Mais allonger son nom, & le rendre aimantin
Contre la faulx du Temps dependoit du Destin,
Comme le vostre, Sire, ayant ce priuilege
D'estre aimé d'Apollon & de tout son college.

A Philippes des-Portes Charttain.

ELEGIE II.

Ous deuons à la Mort & nous & nos
ouurages.
Nous mourons les premiers, le long re-
ply des âges
En roulant engloutit nos œuures à la fin:
Ainsi le veut Nature & le puissant Destin,
Dieu seul est eternel, de l'homme elementaire

Ne reste apres la mort ny veine ny artere:
Qui pis est, il ne sent, il ne raisonne plus,
Locatif descharné d'vn vieil tombeau reclus.
C'est vn extreme abus, vne extreme folie
De croire que la Mort (1) soit cause de la vie:
Ce sont poincts opposez autant que l'Occident
S'oppose à l'Orient, l'Ourse du Midy ardent.

L'vne est sans monuement, & l'autre nous remuë
Qui la forme de l'ame en vigueur continuë
Nous fait ouyr & voir, inger, imaginer,
Discourir du present, du futur deuinere.

(2) Les morts ne sont heureux, dautāt que l'ame viue
Du monuement principe en eux, n'est plus actiue.
L'heur vient de la vertu, la vertu d'action:
Le mort priué du faire est sans perfection.
L'heur de l'ame, est de Dieu contempler la lumiere
La contemplation de la cause premiere
Est sa seule action : contemplant elle agist:
Mais au contemplement l'heur de l'homme ne gist.

Il gist à l'œuure seul, impossible à la cendre
De ceux que la Mort fait soubs les ombres descendre,
C'est pourquoy de Pluton les champs deshabitez
N'ont polices ny loix ny villes ny citez.

Or l'ouurage & l'ouurier font vn mesme voyage,
Leur chemin est la Mort. Athenes & Carthage,
Et Rome qui tenoit la hauteur des hauteurs,
Sont poudre maintenant comme leurs fondateurs.
Pour-ce les Grecs ont dit que glout de faim extresme
Saturne deuoroit ses propres enfans mesme.
Le general est ferme, & ne fait place au temps,
Le particulier meurt presque au bout de cent ans.

Chacun de son labeur doit en ce Monde attendre

A v

L'vsufruit seulement que present il doit prendre
Sans se paistre d'attente & (3) d'vne eternité,
Qui n'est rien que fumée & pure vanité.

Homere, qui seruit aux neuf Muses de guide,
S'il voyoit auiourd'huy son vaillant Eacide,
Ne le cognoistroit plus, ny le docte Maron
Son Phrygien Enee. Ainsi le froid guion
De la tombe assopit tous les sens de nature,
Qui sont deus à la terre & à la pourriture.

Nous semblos aux Taureaux, qui de coutres trachás
A col morne & fumeux vont labourant les champs,
Sillonnant par rayons vne germeuse plaine,
Et toutesfois pour eux inutile est leur peine:
Ils ne mangent le bled qu'ils ont ensemencé,
Mais quelque vieille paille, ou du foin enroncé.

Le Belier Colonnel de sa laineuse troupe,
L'eschine de toison pour les autres se houpe:
Car le drap, bien que sien, ne l'habille pourtant:
L'homme ingrat enuers luy au dos le va portant
Sans luy en sçauoir gré. Ainsi nostre escriture
Ne nous profite rien : c'est là race future
Qui seule en ioÿyt toute, & qui iuge à loisir
Les ouurages d'autruy, & s'en donne plaisir,
Rendant comme il luy plaist, nostre peine estimée.
Quant à moy, i'aime mieux trente ans de renommée,
Iouyssant du Soleil, que mille ans de renom
Lors que la fosse creuse enfoüyra mon nom,
Et lors que nostre forme en vne autre se change.
» L'homme qui ne sent plus, n'a besoin de loüange.

Il est vray que l'honneur est le plus grand de tous
Les biens exterieurs qui sont propres à nous,
Qui viuons & sentons: les morts n'en ont que faire,

Toutesfois le bien faire est chose necessaire,
Qui profite aux vinans, & plaist aux heritiers.

Les fils, de leurs ayeulx racontent volontiers
Les magnanimes faicts : la loüange illustrée
D'vn acte vertueux, ne fut iamais frustrée
De son digne loyer, soit futur ou present.

Le Ciel ne donne à l'homme vn plus riche present
Que l'ardeur des vertus, les aimer & les suiure,
Vn renom excellent, bien mourir & bien viure.

Des-portes, qu'Aristote amuse tout le iour,
Qui honores ta Dure, & les champs qu'à l'entour
Chartres voit de son mont, & panché les regarde,
Ie te donne ces vers, à fin de prendre garde
De ne tuer ton corps, desireux d'acquerir
Vn renom iournalier qui doit bien tost mourir:
Mais happe le present d'vn cœur plein d'allegresse,
Ce pendant que le Prince, Amour, & la ieunesse
T'en donne le loisir, sans croire au l'endemain.
" Le futur est douteux, le present est certain.

ANNOTATIONS DE L'AVTHEVR.

1. Que la Mort soit cause de la vie.) Contre les Pithagoriques, qui pésoiét qu'apres la mort nos ames reuenoient en autres corps, & mesmes és bestes.

2. Les morts ne sòt heureux.) C'est l'opiniõ d'Aristote qui est faulse: car les morts qui meurent en Dieu, sont heureux parfaitement.

3. D'vne eternité.) Contre les Poëtes qui ne promettent autre chose à eux mesmes & aux autres par leurs vers, que l'eternité.

ELEGIE III.

Ier quand bouche à bouche assis auprés de
　　vous
　Ie contemplois vos yeux si cruels & si
　dous,
Dont Amour fit le coup qui me rend fantastique:
Vous demandiez pourquoy i'estois melancolique,
Et que toutes les fois que me verriez ainsi,
Vouliez sçavoir le mal qui causoit mon souci.
　Or afin qu'vne fois pour toutes ie vous die
La seule occasion de telle maladie,
Lisez ces vers Madame, & vous verrez comment,
Et pourquoy ie me deuls d'Amour incessamment.
　Quand ie suis pres de vous, en vous voyant si belle,
Et vos cheueux frisez d'vne crespe cautelle,
Qui vous seruent d'vn reth, où vous pourriez lier
Seulement d'vn filet vn Scythe le plus fier,
Et voyant voste front & voste œil qui ressemble
Le Ciel quand ses beaux feux reluisent tous ensemble,
Et voyant voste teint où les plus belles fleurs
Perdroient le plus naïf de leurs viues couleurs,
Et voyant voste ris, & voste belle bouche
Qu'Amour baise tout seul, car autre ne la touche:
Bref, voyant voste port, voste grace & beauté,
Voste fiere douceur, voste humble cruauté,
Et voyant d'autrepart que ie ne puis attaindre
A vos perfections, i'ay cause de me plaindre
D'estre melancolique, & de porter au front

Les maux que vos beaux yeux si doucement me font.
　I'ay peur que vostre amour par le temps ne s'efface,
Ie doute qu'vn plus grand ne gaigne vostre grace,
I'ay peur que quelque Dieu ne vous emporte aux
　Cieux:
Ie suis ialoux de moy, de mon cœur, de mes yeux,
De mon corps, de mon ombre, & mon ame est esprise
De frayeur si quelqu'vn auecques vous deuise.
　Ie ressemble aux Serpens, qui gardent les vergers
Où sont les Pommes d'or : si quelques passagers
Approchent du iardin, ces Serpens les bannissent,
Bien que d'vn si beau fruit eux-mesmes ne iouïssent.
　Puis quand ie suis contrainct d'aupres de vous
　partir,
Ie sens hors de vos yeux vne vapeur sortir
Qui entre dans les miens, dont soudain est saisie
Ma raison qui se laisse aller par fantaisie.
　Alors sans nulle trêue à toute heure, en tous lieux
Vostre belle effigie erre deuant mes yeux,
Qui le sang & le cœur & l'ame me tourmente
Du desir de reuoir vostre personne absente,
Mon esprit qui se fait du meilleur de mon sang,
Se desrobe de moy, me laisse froid & blanc,
Et quittant sa maison dedans vos yeux seiourne.
　Quelquefois au logis ce traistre s'en retourne,
Et emmene mon cœur auecq'luy pour vous voir,
Mon ame court apres à fin de le r'auoir,
Mais elle pour-neant dresse son entreprise:
Car ainsi que le cœur à la fin elle est prise
　n vn lieu si plaisant qu'elle perd souuenir,
Eomme le cœur captif de plus s'en reuenir.
　Que ie hay mon penser, qui fol prend hardiesse

A　riij

De s'en aller tout seul parler à ma Maistresse!
Ie l'aime & si le hay : ie l'aime pour-autant
Qu'il va fidellement mes peines racontant,
Ie le hay pour raison que iamais ne m'appelle
Quand il s'enfuit de moy & va parler à elle.
Las ! que n'est tout mon corps en pensers transformé?
La voyant nuict & iour ie seroy mieux aimé.

  Ie resemble à celuy qui trop auare enserre
Son plus riche thresor au plus creux de la terre:
Il a beau s'en aller au pays estranger,
De terres & de mers & de villes changer,
L'auarice iamais de son col ne détache:
Car son cœur est tousiours où son thresor se cache.
Tousiours ie pense en vous mon thresor, & ne puis
Viure si par penser dedans vous ie ne suis.

  Quand Phebus au matin vient esclairer au Monde,
Tirant dehors la Mer sa belle tresse blonde,
Deux hostes differents, l'esperance & la peur
Comme mes ennemis se campent en mon cœur:
L'vne me veut mener au lieu de mon martyre,
Me presse de la suiure: & l'autre m'en retire:
Ie sens par leur discord deux effets dedans moy,
Maintenant le plaisir, & maintenant l'esmoy:
En si diuers combats tous les iours ie trauaille,
Et si ne puis gaigner ny perdre la bataille.

  Puis quand la Lune au soir auecq' ses noirs cheuaux
Va r'appellant la nuict, elle appelle mes maux,
Me resueille les yeux, & la nuict qui appaise
Le soucy des humains, ne reuient pour mon aise:
Ie ne fay dans le lict que virer & tourner,
Ie ne puis vn moment d'vn costé seiourner
Sans me tourner sur l'autre, & d'vne ardante espince

Amour toute la nuict m'égratigne & me pince.

Si ce Dieu me permet vn moment sommeiller,
Incontinent en songe il me vient trauailler,
Et frayeur sur frayeur dedans mon cœur assemble.
Tantost ie vous tiens prise, & tantost il me semble
Que vous fuyez de moy, ainsi que bien souuent
S'enfuit vne fumee à l'arriuer du vent:
Ou comme fait vn Cerf voyant vn Loup sauuage,
Ainsi loin de mes bras s'escarte vostre image.
Tantost il vous transforme en Tygre ou en Lion,
Ou fait dedans mes yeux voler vn million
De figures en vain qui me tiennent en crainte,
Et qui sont toute nuict la cause de ma plainte.
Or comme le Printemps porte tousiours les fleurs,
L'Esté de sa nature amene les chaleurs,
Autonne les raisins, & l'Hyuer la froidure:
Ainsi Amour cruel apporte de nature
Dans le cœur de l'Amant le soin & la douleur,
La tristesse, l'ennuy, les pleurs & le malheur,
La crainte, le soupçon, les soucis & la peine,
Passions dont mon ame est pour vous toute pleine:
Puis donc vous demandez me voyant amoureux,
La cause qui me fait si triste & langoureux!
Si de vostre costé vous auez apperceüe
La moindre affection que pour vous i'ay receüe
Et si vous, dont la flame a mon cœur tout esmeu,
Auiez senti l'ardeur qui vient de vostre feu,
Me iugeant pour vous mesme, auriez la cognoissance
De mon propre malheur par vostre experience:
Vostre front seroit triste, & cognoistriez combien
Amour donne de maux pour l'attente d'vn rien.

ELEGIE IIII.

A GENEVRE:

Enéure ie te prie escouté ce discours
Qui commence & finit nos premieres
  Amours:
Souuent le souuenir de la chose passée,
Quand on le renouuelle, est doux à la pensée
Sur la fin de Iuillet que le chaud violant
Rendoit de toutes pars le Ciel estincelant,
Vn soir à mon malheur ie me baignoy dans Seine,
Où ie te vy danser sur la riue prochaine
Foulant du pied le sable, & remplissant d'amour
Et de ta douce voix les riues d'alentour.

Tout nud ie me viens mettre auec ta compagnie,
Où dansant ie bruslay d'vne ardeur infinie,
Voyant sous la clairté brunette du Croissant,
Ton œil brun à l'enui de l'autre apparoissant.

Là ie baisay ta main pour premiere accointance,
Autrement de ton nom ie n'auois cognoissance:
Puis d'vn agile bond ie m'eslançay dans l'eau
Pensant qu'elle esteindroit mon premier feu nouueau,
Il aduint autrement: car au milieu des ondes
Ie me senti lié de tes deux tresses blondes,
Et le feu de tes yeux qui les eaux penetra,
Maugré la froide humeur dedans mon cœur entra,
Dés le premier assaut ie perdi l'asseurance:
e m'en allay coucher sans aucune esperance

De iamais te reuoir pour te donner ma foy,
Comme ne cognoiſſant ny ta maiſon ny toy:
Ie ne te cognoiſſois pour la belle Genéure
Qui depuis me bruſla d'vne amoureuſe fiéure:
Auſſi de ton coſté tu ne me cognoiſſois
Pour Ronſard dont le nom a cours par les François.

Sitoſt que i'eu preſſé les plumes ocieuſes
De mon lict angoiſſeux, les peines ſoucieuſes
Qu'Amour pour me liurer aguiſe ſur ſa queuxe,
Vindrent dedans mon cœur allumer mille feux,
Eſchaufant le deſir de te pouuoir cognoiſtre,
Et de faire à tes yeux ma douleur apparoiſtre.

Auſſi toſt que l'Aurore eut appellé des eaux
Le Soleil ſouffle-iour du nez de ſes cheuaux,
Ie ſaute hors du lict, & ſeul ie me promeine
Loin des gens ſur le bord deuiſant de ma peine.

Quelle fureur me tient? & quel nouueau penſer
Me fait douteuſement ma raiſon balancer?
Où eſt la fermeté de mon premier courage?
Et quoy, veux-ie r'entrer en vn nouueau ſeruage?
Veux-ie que tout mon âge aille au plaiſir d'Amour?
Que me ſert d'eſtre franc du lien qu'à l'entour
De mon col ie portois, quand Marie & Caſſandre
Aux rets de leurs cheueux captif me ſceurent prêdre,
Si maintenant plus meur, plus froid & plus griſon,
Ie ne puis me ſeruir de ma ſotte raiſon?
Et s'il faut qu'à tous coups comme inſenſé, ie ſoye
De ce petit Amour & la butte & la proye?

Non, il faut reſiſter cependant que l'erreur
Ne fait que commencer, de peur que la fureur
Par le temps ne me gagne, & dedans ma poitrine
Sans remède ou confort le mal ne s'enracine.

Ainsi tout Philosophe & de constance plein
Comme si Amour fust quelque chose de sain,
Ferme ie m'asseurois que iamais autre femme
N'allumeroit mon cœur d'vne nonuelle flame.

Plein de si beaux discours au logis ie reuins,
Où plus fort que iamais amoureux ie deuins.

Repassant vers le soir ie t'auise à ta porte,
Et là le petit Dieu qui pour ses armes porte
La fleche & le carquois, si grand coup me donna,
Que ma pauure raison soudain m'abandonna:
Puis me naurant le cœur, en signe de conqueste
De ses pieds outrageux me refoula la teste,
Me lia les deux mains, & ma voix deslia
Qui pour auoir merci, de tels mots te pria:

Madame, si l'œil peut iuger par le visage
L'affection cachée au dedans du courage,
Certes ie puis iuger en voyant ta beauté,
Que ton cœur n'est en rien taché de cruauté.

Aussi Dieu ne fait point vne femme si belle,
Pour estre contre Amour de nature rebelle,
Cela me fait hardi de m'adresser à toy,
Puis que tant de douceur en ma face ie voy.

Or ainsi que Telephe alla deuant la ville
De Troye pour prier le valeureux Achille
De luy guarir sa playe: à toy ie viens ici
Las! pour guarir la mienne, & pour trouuer merci.

Harsoir en se iouant l'enfant de Cytherée
Faisant de tes beaux yeux vne fleche acerée,
Et m'ouurant l'estomac tout le cœur m'a percé,
Et tu ne sçais, peut estre ainsi m'auoir blessé.

Ceste fleche mortelle aux os s'est arrestée
Et au foye vlceré de sa poincte dentée,

Que ie ne puis oster, tant mon sang espandu
M'a laissé de raison & de sens esperdu.
Tout ainsi qu'vn Veneur desireux de la chasse,
Qui de maints coups de traits mainte Biche pour-
De cent il en blesse vne & si ne le sçait pas, (*chasse,*
Elle emporte la fleche & hastant son trespas
S'enfuit par les rochers vagabonde & blessee,
Pour sa playe guarir chercher la Panacee.

Tu es ma Panacee, à toy ie viens ici
Pour guarir de ma playe, & pour auoir merci.

Ce n'est le naturel d'vne Dame bien-nee
De viure contre Amour fierement obstinee:
Aux Lions, aux Serpens qui sont pleins de venin
Conuient la cruauté, non au cœur femenin,
Qui tant plus est benin, & tant plus ce me semble,
Aux Dieux qui sont benins de nature ressemble.
Tu n'auras grand honneur de me laisser mourir:
Il vaut mieux doucement ma langueur secourir,
Et me prendre chez toy pour seruiteur fidelle,
Que me tuer ainsi d'vne playe cruelle.

A peine auoy-ie dit, quand d'vn souspir profond
(Enfant de l'estomac où les regrets se font)
Brieuement tu respons que ie perdois ma peine,
Que i'escriuois en l'eau, & semois dans l'areine,
Que la Mort sommeilleuse esteignoit ton flambeau,
Et que tous tes desirs estoient sous le tombeau.

T'oyant ainsi parler confus ie m'en retourne,
Où triste quatre iours au logis ie seiourne,
Le cinquiesme d'apres de fureur transporté
Ie retourne pour voir l'appast de ta beauté.

Il ne faut ce disoy-ie ainsi veincu se rendre:
Plus vne forte ville est difficile à prendre,

. *Plus apporte d'honneur à celuy qui la prend.*
„ *Toute braue vertu sans combat ne se rend.*

   Or en parlant à toy de cent chóses diuerses,
Nous esgarant tous deux d'amoureuses trauerses,
A la fin priuément tu t'enquis de mon nom,
Et si i'auois aimé d'autres femmes ou non.

   Ie suis dis-ie, Ronsard, & cela te suffise:
Qui ma belle science ay des Muses apprise,
Bien cognu d'Helicon, dont l'ardant aiguillon
Me fit danser au bal que conduit Apollon.

   Alors que tout le sang me boüilloit de ieunesse,
Ie fis aux bords de Loire vne ieune Maistresse,
Que ma Muse en fureur sa Cassandre appelloit,
A qui mesme Venus sa beauté n'égalloit.

   Ie m'espris en Anjou d'vne belle Marie
Que i'aimay plus que moy, que mon cœur, que ma vie
Son païs le sçait bien, où cent mille chansons
Ie composay pour elle en cent mille façons.

   Mais (ô cruel Destin!) pour ma trop longue absence
D'vn autre seruiteur elle a fait accointance,
Et suis demeuré veuf sans prendre autre parti
Dés l'heure que mon cœur du sien s'est departi.

   Maintenant ie poursuy toute Amour vagabonde,
Ores i'aime la noire, ores i'aime la blonde,
Et sans Amour certaine en mon cœur esprouuer
Ie cherche ma fortune où ie la puis trouuer.
S'il te plaisoit m'aimer, par tes yeux ie te iure
Que d'vne autre amitié iamais ie n'aurois cure,

   Mais dy-moy ie te pri, si l'Archerot vainqueur
Des hommes & des Dieux, t'a point blessé le cœur?
Et si son trait poignant qu'en nostre sang il moüi
Se vid iamais sanglant de ta belle despoüille

Lors tu fis vn souspir, & tes beaux yeux souillans
De larmes & ton sein goute à goute moüillant,
Tu me respons ainsi: Il n'y a que les marbres,
Les piliers, les cailloux, les rochers, & les arbres
Priuez de sentiment, qui se puissent garder
D'aimer quand vn bel œil les daigne regarder.

Nous qui sommes vestus d'affections humaines,
De muscles & de nerfs, de tendons & de vaines,
Qui auons iugement & qui point ne portons
Vn roc en lieu d'vn cœur, qui viuons & sentons,
Il est bien mal-aisé de ne sentir la flame
Que le gentil Amour nous verse dedans l'ame.
Quant à moy ie confesse auoir senti combien
Ce petit Archerot fait de mal & de bien:
S'il te plaist de l'ouir ie m'en vay te le dire,
Et ne faut s'esbahir si mon cœur en souspire:
Il me plaist de nouueau mon dueil te descouurir,
Bien que d'vn si beau mal ie ne vueille guarir.

Six ans sont ia passez qu'Amour conceut enuie
Dessus la liberté nourrice de ma vie:
Et pour me rendre serue à luy qui peut oster
Le feu le plus ardant des mains de Iupiter,
Me desroba le cœur, & me fit amoureuse
D'vn Amãt dont i'estois contente & bien-heureuse,
Que seul i'auois choisi si sage & si parfait,
Qu'à la belle Cyprine il eust bien satis-fait.
Il aimoit la vertu, il abhorroit le vice,
Il aimoit tout honneste & gentil exercice:
Il iouoit à la paume, il balloit, il chantoit,
Et le Luth doucement de ses doigts retentoit:
Il sçauoit la vertu des herbes & des plantes,
Il cognoissoit du Ciel les sept flames errantes,

Leurs tours & leurs retours, leur soir & leur matin,
Et de là predisoit aux hommes le Destin.
De Nature la grace en tout il auoit eüe,
L'Eloquence en la bouche, & l'Amour en la veüe
Et quand en luy le Ciel n'eust poussé mon desir,
Encor pour sa vertu le deuois-ie choisir.

L'espace de cinq ans nous auons prins ensemble,
Les plaisirs que ieunesse en deux amans assemble,
Et ne se peut trouuer ny ieu ny passetemps,
Dont Amour n'ait rendu nos ieunes ans contens.

Venus ne garde point tant de douces blandices,
Tant de baisers mignards, d'atraicts & de delices
En ses vergers de Cypre à Mars son cher amy
Soit veillant en ses bras, soit au lict endormi,
Que mon Amant & moy esbatant nos ieunesses,
Auons pris de plaisirs, d'ébats & de liesses.
Seul il estoit mon cœur, seule i'estois le sien,
Seul il estoit mon tout, seule i'estois son bien,
Seul mon ame il estoit, seule i'estois la sienne.
Et d'autre volonté il n'auoit que la mienne.

Or sans auoir debat en esbats si plaisans,
Nous auions ia passé l'espace de six ans,
Quand la cruelle Mort ingrate & odieuse
Fut (malice du Ciel!) sur nostre aise enuieuse.

Ceste cruelle Mort franche d'affection,
Qui iamais ne logea pitié ny passion,
Qui n'a ny sang ny cœur ny oreille ny veüe,
Dure comme vn rocher que la marine esmeüe
Bat au bord Caspien, me blessa de sa faulx
Plus que le trait d'Amour qui commença mes maux
Me rendant comme fiere, execrable & inique,
(Ie meurs en y pensant!) mon Amant hydropique.

De iour en iour coulant ſa force s'eſcouloit:
Sa premiere beauté ſans grace s'en-alloit
Comme vne ieune fleur ſur la branche ſeichee,
Ou la neige d'Hyuer du premier chaud touchee,
Que le foible Soleil diſtile peu à peu,
Ou comme fait la cire à la chaleur du feu.

    Hèlas qu'euſſe-ie fait ! ſi ceſte Parque fiere
Qui ne ſe peut fleſchir par humaine priere,
M'euſt voulu par victime, & ſi en m'aſſonmant,
Elle euſt voulu ſauuer la vie à mon Amant
Ie me fuſſe eſtimee vne vraye amoureuſe
D'achepter par ma mort vne ame ſi heureuſe:
Mais ceſte vieille ſourde ingrate à mon deſir,
Ne le voulant iamais, ainçois tout à loiſir.
Pour plus me martyrer & me rendre abuſee,
De iour en iour tiroit le fil de ſa fuſee.
Ie n'euſſe pas ſouffert qu'on ſe fuſt approché
Du miſerable lict où il eſtoit couché:
Ou que ſa propre ſœur d'vn naturel office
Luy euſt touché la main où luy euſt fait ſeruice:
Seule ie le traitois ſans ſecours d'eſtranger,
Car ſans plus de ma main vouloit boire & manger.

    Ainſi de triſtes pleurs la face ayant moüillee
(Ny de nuict ny de iour ſans eſtre deſpoüillee)
I'eſtois pres de ſon lict pour luy donner confort,
Et pour voir ſi l'Amour pourroit veincre la Mort.

    Or le iour qu'Atropos qui nos toiles entame,
Auoit tout deuidé les filets de ſa trame,
Me voyant ſouſpirer, gemir & tourmenter,
Me tordre les cheueux, crier & lamenter,
Debile r'enforça ſa voix à demi-morte,
Et me tournant les yeux me dit en telle ſorte:

Mon cœur, ma chere vie, appaise tes douleurs,
Ie me deuls de ton mal, & non dequoy ie meurs:
Car ie meurs bien content, puis que mourant ie laisse
Mon ame entre les bras de si chere maistresse:
Ie m'en-vois bien heureux aux riues d'Acheron,
Heureux puis qu'en mourant ie meurs en ton giron,
Ma léure sur la tienne, & tenant embrassée
La Dame que la Mort n'oste de ma pensée.

Seulement ie me plaints & lamente dequoy
Mourant entre tes bras tu lamentes pour moy.

Appaise ta douleur, Maistresse ie te prie,
Appaise toy mon cœur, appaise toy ma vie.
Si trespassant on doit sa Dame supplier,
Par tes cheueux dorez qui me peuuent lier,
Ie te prie & supplie, & par ta belle bouche,
Et par ta belle main qui iusqu'au cœur me touche,
Qu'encore apres ma mort tu me vueilles aimer,
Et dedans mon tombeau nos amours enfermer.

Ou bien si ta ieunesse encore fresche & tendre
Veut apres mon trespas nouueau seruiteur prendre,
Au moins ie te suppli' de vouloir bien choisir,
Et iamais en vn sot ne mettre ton desir,
A fin qu'vn ieune fat à mon bien ne succede,
Ains vn amy gaillard en mon lieu te possede,
Que ie serois marri si aux enfers là bas
Quelqu'vn me venoit dire apres ce mien trespas,
Celle qui fut là haut ton cœur & ta pensée,
Qu'auec si grand trauail tu as si bien dressée,
Aime vn sot maintenant! ce despit me seroit
Plus grief que les tormens que Pluton me feroit.

Or adieu ie m'en-vois aux riues amoureuses,
Compagnon du troupeau des ames bien-heureuses,

Dessous

Dessous la grand' forest des myrtes ombrageux,
Que l'orage cruel ny les vents outrageux
N'esfueillent tous les ans, où sans cesse souspire
Par les vermeilles fleurs le gracieux Zephyre.
Là portant sur le chef des Roses en tout temps,
Et au tour de mon col les moissons du Printemps,
Couché sous le bocage à la fraischeur de l'ombre,
I'iray pour augmenter des amoureux le nombre,
Comme tout asseuré que les gentils esprits
Qui iadis ont aimé ne m'auront à mespris:
Pres d'eux me feront place & si pense, Madame,
Qu'ils n'auront point là bas vne plus gentille ame.

Mais las! puis que mon corps qui t'a si bien aimé,
Sera tantost sans forme en poudre consumé,
Pour souuenance au-moins garde bien ma peinture
Où sont tirez au vif les traits de ma figure:
La voyant tu pourras de moy te souuenir,
Et souuent pres ton sein cherement la tenir.

Et luy diras, Peinture, ombre de ce visage
Qui mort & mis en cendre encores me soulage,
Que tu m'es douce & chere ayant perdu l'espoir,
Si ce n'est par la mort de iamais te reuoir!

O beau visage feint, feinte teste qui portes
Encor les aiguillons & les flammes ores mortes
De ma premiere ardeur, ton faux m'est gracieux,
Et seulement de toy se repaissent mes yeux.
Ainsi tu parleras ayant quelque memoire
De moy qui vray loger dans vne fosse noire,
Et qui rien au tombeau n'emporte auecques moy
Que le doux souuenir que l'emporte de toy.

Tels ou semblables mots d'vne bouche mourante
Me disoit mon ami, & moy toute pleurante

B

D'vn cœur triste & serré rebaisant mille fois
Sa ieune face aimée ainsi luy respondois:

  Mon tout ie ne verray si tost finir ta vie,
Que ta vie ne soit de la mienne suiuie:
Soit qu'elle aille aux enfers soit qu'elle aille là haut,
Mourant ie la suiuray : car certes il ne faut
Que la fascheuse mort en vn iour desassemble
Deux corps qui ont vescu si longuement ensemble
En parfaite concorde & en parfaite amour.

  Il faut que nous mouriôs tous deux en mesme iour,
Et qu'ensemble courions vne mesme auanture,
Et que soyons couuers de mesme sepulture.
Si tost que ta chaleur en froideur se mu'ra,
L'excessiue douleur au dedans me tu'ra:
Ou bien s'elle ne peut d'vn cousteau tout sur l'heure
Ie perceray mon cœur à celle fin qu'il meure:
Ainsi de mesme playe aux ombres s'en-iront
L'esprit & la douleur qui mon cœur desti'ront:
A fin qu'apres ta mort morte ie puisse suiure
Toy de qui la beauté m'a fait mourir & viure.

  Ce-pendant de ma bouche errante i'engardois
Que l'ame ne sortist de la sienne, & tardois
L'esprit qui bouillonnoit à la léure au passage,
Sur son palle visage appuyant mon visage,
Pressant d'vn long baiser sa bouche, à celle fin
Que par vn doux baiser i'allongeasse sa fin.

  Luy tirant vn souspir sur ma face il s'encline,
Et son chef lentement tomba sur ma poitrine,
Laissant pendre ses bras, puis il me dit ainsi :
Mon sang, mon cœur mes yeux, mô amoureux souci,
Tu ne dois desloger de ceste vie humaine
Sans le congé de Dieu: pource demeure saine,

Viuante apres ma mort & de ce mortel lieu
Ne bouge ie te pri' sans le vouloir de Dieu.

Ie descen le premier où le destin m'enuoye
Te preparer là bas & la place & la voye:
Et si apres la mort il reste rien de nous,
Ie iure par tes yeux qui me furent si dous,
Que l'oubli ne perdra la chere souuenance
Que i'ay de ton amour, & tousiours ma semblance
En tous temps, en tous lieux à toy viendra parler,
Et viendra sans frayeur ton esprit consoler:
Et si ie ne reuiens fantosme veritable,
Tu croiras que l'Enfer n'est sinon qu'vne fable.

Helas il ne l'est pas! & pource toute nuict
En dormant ie seray le Démon de ton lict:
De iour accompagnant ton corps en toute place,
Comme vn petit oiseau i'iray deuant ta face,
Ie voleray sur toy te contant les esbas,
Les ieux & les plaisirs que ie prendray là bas,
Si i'en reçoy quelcun: mais ie ne sçaurois croire
Qu'on preume grand plaisir sous vne tombe noire.

Finissant ces propos il deuient froid & blanc:
Vomissant de sa bouche vn grand ruisseau de sang,
Voilà, dit-il, ma vie en son sang consumée,
Qui t'a depuis six ans si cherement aimée;
Pren-la ie te la donne. A peine il acheua,
Que l'esprit amoureux sous les myrtes s'en-va:
Il tombe en mon giron sans pouls & sans parole,
Et pour son corps aimé ne resta que l'idole.

Qui pourroit raconter l'ennuy que ie receu,
Quand desur mon giron tout froid ie l'apperceu?
Mes sanglots au partir ne purent trouuer place,
I'arrachay mes cheueux, i'esgratignay ma face,

Ie baignay de mes pleurs son visage & son sein,
Nommant tousiours son nom & l'appellant en vain,
Apres auoir pressé de mes doigts ses paupieres,
Et dit dessus son chef les paroles dernieres,
Ayant le cœur veincu de regret & d'ennuy,
Souspirant aigrement ie me pasmay sur luy.

Ce-pendant ses amis qui trepassé le virent,
Le tirerent du lict & nud l'enseuelirent
Fors le chef seulement qui sans estre caché
Dessus vn oreiller fut longuement couché:
Lors les parens du mort de la chambre m'osterent
Et comme vn tronc de bois sus mon lict me porterent.

Mais si tost que ie sceu que le corps estoit seul,
Ie retourne en la chambre embrasser le linceul,
Et voyant, ô douleur! sa face descouuerte,
De cent mille poignarts mon ame fut ouuerte.

O, disois-ie, l'honneur des constans amoureux
Qui es mort & qui vis entre les bien-heureux,
Si vif nous partissions ensemble nos molestes,
Pourquoy n'auray-ie part en tes ioyes celestes?
Helas apres ta mort nostre sort n'est égal,
Tout seul tu as le bien & seule i'ay le mal,
Tu es franc de souci & ie suis en misere,
Ton ame est desliée & ie vis prisonniere
De peine & de souci & de regret, dequoy
Ie tarde si longs temps sans aller apres toy.

O beaux yeux où Venus tenoit sa torche ardante!
O beau front où d'Amour la trousse estoit pendante!
Et d'où sortoient de feu tant de rais si espés!
O bouche dont les mots m'estoient autant de rets!
O main qui si long temps m'as prise & retenuë!
O grace qui du Ciel estois ici venuë!

Las vous n'estes plus rien! & tantost vous estiez
Le soustien de ma vie & me reconfortiez!
Car de vous seulement pendoit mon asseurance
Et vous perdant ie pers toute entiere esperance.

Las, auant que partir parles encore à moy,
Desrobe du sommeil tes lumieres & voy
En quelle passion tu m'as icy laissée,
Qui meurs de cent trespas pour n'estre trespassée.

Or adieu cher ami d'vn eternel adieu,
Pren de moy ce baiser, & le garde au milieu
Des ondes d'Acheron & maugré Proserpine
Que tousiours son haleine eschaufe ta poitrine.

Ie n'auois acheué qu'il fut mis au cercueil:
Les torches qui flamboient & la pompe du dueil
L'attendoient en la ruë où couché dans sa biere
On le mena passer l'infernale riuiere.

Ie le suiui de loing tant que purent mes yeux,
Nommant la Mort cruelle & les Astres des Cieux
Astres fiers & cruels qui m'auoient condamnée
Si malheureusement auant que d'estre née,
A me ronger le cœur sans repos ny seiour,
Pour estre trop fidelle aux embusches d'Amour.

Or ma douleur n'est point par le temps diuertie,
Et neuf mois sont passez que ie n'estois sortie
Du logis pour chercher quelque plaisir nouueau
Sinon hier au soir que tu me vis sur l'eau:
Car ie ne veux trouuer medecin secourable,
Cherissant mon ennuy comme chose incurable.

Ainsi toute pasmée & grosse de douleur,
Tu me fis par l'oreille entendre ton malheur,
Quand ie te respondi il n'est roche si dure
Qui molle ne pleurast d'vne telle auanture,

B iij

Et tout ce que l'Afrique allaite de ferin,
Et le vieillard Prothée en son troupeau marin,
I'ay le corps tout debile & l'ame toute molle,
Qui me bat la poitrine au son de ta parole.

I'ay les sens esblouis, i'ay le cœur esperdu
D'amour & de pitié de t'auoir entendu
Aimer l'ombre d'vn mort: car c'est chose bien rare
De voir amitié telle en vn temps si barbare.

Toutefois à ton mal il faut trouuer confort,
Il faut prendre vn viuant en la place d'vn mort:
Le mort est inutile à te faire seruice,
Le viuant pour aimer est duisant & propice,
Qui sent, qui oyt, qui voit & qui peut discourir,
Et qui peut comme l'autre en te seruant mourir:
Car vn homme n'auroit ny cœur ny sang ny ame,
S'il ne vouloit mourir pour si gentille Dame.
Tu es encore ieune en la fleur de tes ans:
Vse donq de l'amour & de ses dons plaisans,
Et ne souffre qu'en vain l'Auril de ta ieunesse
Au milieu de son cours se ride de vieillesse.

Nos ans sans retourner s'en-volent comme vn trait,
Et ne nous laissent rien sinon que le regret
Qui nous ronge le cœur de n'auoir osé prendre
Les ieux & les plaisirs de la ieunesse tendre.
Madame croyez-moy, ce n'est pas la raison
Par vn fol iugement de trahir la saison
Dont ton premier Auril eniouuence ta face:
Et pource en ton amour donne moy quelque place,
Quand celuy qui là bas durement est couché,
Entendra nos amours il n'en sera fasché:
Car s'il faisoit au monde encor sa demeurance,
Il me feroit peut estre honneur & reuerence,

Puis suiuant son vouloir tu luy feras plaisir
De n'auoir en sa place vn sot voulu choisir.
  I'acheuecy de parler lors que la nuict ombreuse
Me fit prendre congé de ta main amoureuse:
I'allay trouuer le lict où sans auoir repos
Me reuencient tousiours ton mort & tes propos,
Comme ayant dans le cœur du trait d'Amour em-
     prainte
Ta beauté,ton discours,tes larmes & ta plainte.

ELEGIE V.
ADONIS.

IELES, qui n'es point feint aux enfãs de
     la Muse,
Si ta charge publique au trauail ne
     t'amuse,
          Viẽ lire de Venus le biẽ & le malheur:
„ Car tousiours vn plaisir est mesté de douleur.
  Amour voulant vn iour se venger de sa mere,
Esléut de son carquois la fléche plus amere:
Puis en lurant son arc ensemble descocha
Adonis & son traict qu'au sang il luy ficha.
  Adonis & berger & chasseur tout ensemble,
Dont la beauté parfaite aux Images ressemble,
Ses yeux estincelloient commẽ vn Astre estoillé
Que Thetis sous sa robbe a long temps recellé,
Esclairant sur le soir d'vne viste lumiere:
Et le ciel de ses raiz embellit la premiere.

                                    B iiij

Vn petit poil follet luy couuroit le menton,
Gresle, prime, frisé plus blond que le cotton
Qui croist desur les coings, ou la soye subtile
Qui couure au renouueau le dos d'vne chenille:
Ses léures combatoient les roses qu'au iardin
On voit espanouyr au leuer du matin,
Qu'vne ieune pucelle en son giron amasse
Auant que leur beau teint par le chaud ne s'efface.
Bref ce ieune Pasteur est tout ieune & tout beau,
Il semble vn pré fleury que le Printemps nouueau
Et la douce rosee en sa verdeur nourrissent,
Où de mille couleurs les fleurs s'espanouïssent:
C'est luy-mesmes Amour! Venus n'eust sceu choisir
Vn amant plus aimable à mettre son desir.

Ceste belle Déesse en amour furieuse,
De soy-mesme n'est plus ny de rien soucieuse,
Le Ciel elle mesprise & les honneurs des Dieux:
Ses bouquets agencez d'vn art ingenieux
Luy viennent à mespris, & tant Amour la donte
Qu'elle a perdu le soin d'Eryce & d'Amathonte:
Ses Cygnès, ses Pigeons qui souloient la porter
Au throne venerable où se sied Iupiter,
A ses pieds paissent l'herbe & remplis de tristesse,
D'vn pitoyable chant lamentent leur maistresse,
Qu'vn Pasteur, qu'vn chasseur tourmente sans repos,
Et d'vn trait amoureux enuenime ses os.

Elle ne pense en rien qu'en ceste belle bouche,
Qu'en ses yeux où l'Archer luy dresse l'escarmouche,
Qu'en ses crespes cheueux & languissant d'ennuy
Soy-mesme s'oubliant ne pense plus qu'en luy,
Qu'en luy qui tient la clef de sa douce pensée,
Et la rend comme il peut ioyeuse & courroucée:

Iamais ne l'abandonne , ou soit que le soleil
En piquant ses chenaux sorte de son resueil,
Soit au plus chaud midi, soit à l'heure qu'il guide
Son char en l'Ocean & luy baisse la bride.

Dedans vne Cabane ils sont au poinct du iour,
Ils sont dedans vn antre à midi leur seiour,
Au soir ils sont couchez dessus le frais ombrage
Ou d'vn chesne glandeux, ou d'vn antre sauuage,
Estendus dessus l'herbe, où en cent mille tours
La mere des Amours exerce ses amours.

En cent mille façons l'embrasse & le rebaise:
Luy qui sent en son ame vne pareille braise:
Entonne sa Musette, & pour la contenter
Leurs plaisantes ardeurs ne cesse de chanter.

Elle tient en l'oyant contenance diuerse,
Tantost en son giron languit à la renuerse,
Et tantost le regarde & d'vn baiser souuent
Entre-rompt ses chansons qui se perdent au vent.

Elle cognoist ses chiens, les nomme & les appelle,
Porte la trompe au col ; chasseresse nouuelle,
En main le large espieu & encerne de rets
Et de filets tendus le milieu des forests:
Sçait le nom de ses bœufs & du belier qui meine
Paistre en lieu d'vn berger les brebis par la plaine,
Deuançant brauement le troupeau d'vn grand pas
Ainsi qu'vn Colonnel denancé ses soldas.

O bien-heureux enfant ! donc la belle Cythere,
La mere des Amours à toy seul veut complaire!
Seulette auecques toy veut tondre les brebis
Et de sa blanche main leur pressurer le Pis:
Et te baisant mener les bœufs en pasturage,
Esclisser des paniers, & faire du froumage.

Et rapporter au ſoir en ſon giron trouſſé
Vn Aigneau qui ſa mere au champs auoit laiſſé.

Pourueu qu'elle ait touſiours ſa bouche ſur tes léures,
Elle ne craint l'odeur de tes puantes Chéures:
Et pendue à ton col ne veut point refuſer
La nuiſt deſur la terre à tes flancs repoſer,
S'endormir prés de toy ſur les herbes relantes,
Et t'embraſſer au bruit de tes brebis bellantes.
Et de tes grans taureaux qui iuſqu'au poinſt du iour
Font (comme tu luy fais) aux geniſſes l'amour.

Le Dieu Mars ce-pendant de regret ſe conſomme,
S'appelle miſerable & ſe voudroit voir homme
Pour mourir de douleur: il eſt deſeſperé,
Qu'vn Veneur bocager ſoit à luy preferé!

Ialoux & furieux ſa ronde targe embraſſe,
De ſa pique eſbranlant les montagnes de Thrace:
Son cœur plein de colere & ſes yeux de moiteur,
Ne pouuoient endurer pour riual vn paſteur.

Or vn iour Adonis retournoit de la chaſſe
Panthois & las de ſuiure vn grand Cerf à la trace:
Auquel du iarret dextre auoit couppé le nerf,
Et veinqueur rapportoit la teſte du grand Cerf.

Ami (diſoit Venus) ſi tu cours d'auanture
Vne beſte aux foreſts qui s'arme de nature,
Soit d'ongles, ſoit de dents, ie te pri ne la ſuy,
De peur que ta valeur ne cauſe mon ennuy:
Chaſſe les Dains legers, les Cheureux & les Chéures,
Et les cœurs effrayez des Connils & des Liéures:
Laiſſe en paix les Sangliers, les Tygres & les Ours,
Et n'aſſaux les Lions aux toiles ny aux cours:
Croy moy mon cher ami, l'autre chaſſe eſt meilleure:
» Contre l'audacieux l'audace n'eſt pas ſeure.

Si tu mourrois, helas! de regret ie mourrois:
Car viure apres ta mort helas! ie ne pourrois.

Ainsi disoit Venus : mais les haleines molles
Des vents sans nul effect emportoient ses parolles.

Il estoit nuict fermée, & les hommes lassez,
Dessus la plume oisiue auoient les yeux pressez,
Enfermez du sommeil que la basse riuiere
De Styx fait distiler dessur nostre paupiere.
Ia les Astres au Ciel faisoient leur demiteur:
Le celeste Bouuier qui se roule à l'entour
De l'Ourse estoit panché : tout ce qui vit és ondes,
Qui vit par les rochers dans les forests profondes
Poissons, Serpens, Lions du labeur trauaillez,
Oublians le souci du somne estoient sillez.

Vn seul Mars veille au Ciel, qui plein de frenaisie
De rage, de fureur, d'ire & de ialousie,
Ny d'yeux ny d'estomac ne reçoit le sommeil,
Mais veille dans le lict sans raison ny conseil:
Tantost sur vn costé & tantost il se vire
Sur l'autre coup sus coup : il lamente & souspire:
Nomme Venus ingrate & bruslant de despit
Armé de teste en pied s'eslance de son lit:
Et comme la fureur le martelle d'atteintes,
Va resueiller Diane & luy fit telles plaintes.

Ma sœur, de qui despend mon bien & mon secours,
I'embrasse tes genoux pour mon dernier recours:
O Nymphe que la chasse & l'honneste exercice,
Parmi les bois errante ont esloigné du vice:
Que les Faunes cornus, les Satyres bouquins
Craignent lors qu'en chassant tu as tes brodequins,
Et que l'égal troupeau de cent Nymphes compagnes
Enuironnent tes flancs par bois & par montagnes.

B vi

S'il te souuient du iour qu'Orion le veneur
Dedans vne Bruere assaillit ton honneur,
Et que moy tout armé, luy fis lascher sa prise,
Si qu'en lieu de ton corps n'eut rien que la chemise:
Toy sœur rens la pareille à ton frere au besoin:
,, Où doit de ses parens au danger auoir soin.

　Tu sçais comment Venus qui souloit de ma vie
Tenir seule la clef, de moy n'a plus d'enuie
Pour suiure vn pastoureau, vn veneur, vn enfant.
Du reste ie me tais : la honte me defend
De te conter comment vne telle Déesse
Dessous vn Bergerot si vilement s'abaisse.

　Ie ne l'eusse pas creu, si de mes propres yeux
Ne l'eusse regardée au milieu de ses jeux,
Baisant le iouuenceau bras à bras toute nuë,
Dont de despit au cœur la fieure m'est venuë,
Ie l'eusse bien tué : mais ie ne veux souiller
Ma main en si bas sang qui ne sçait despouiller
Que les Rois mes vassaux, & ne veux que ma gloire
Par la mort d'vn Pasteur se lise en vne histoire.
Ce ieune damoiseau delibere demain
Aller chasser au bois l'espieu dedans la main,
Sans chiens pour faire voir à sa tendre maistresse
Qu'autant qu'il est beau fils il est plein de prouesse.

　Pour me vanger eslance au deuant de ses yeux,
Tout herissé d'horreur, vn Sanglier furieux.
Enferme entre ses dents les meurtres & la foudre,
Que palle il le terrasse au milieu de la poudre,
Appellant pour neant sa dame à son confort,
Afin que mon amour se venge par sa mort.

　Ainsi disoit ce Dieu : & elle de sa teste,
Fauorisant son frere accorda sa requeste,

A peine le Soleil se perruquoit de raiz,
Qu'il empoigne l'espieu & court par les forests:
De buisson en buisson reuient, recourt, retourne,
Et iamais en vn lieu paresseux ne seiourne.

  Il regarde deçà, il regarde delà,
Il broßa longuement & longuement alla
Sans trouuer nulle proye : oh! à la fin il treuue
Vn Sanglier le malheur de sa premiere preuue.

  Ses yeux estoient de feu & son dos couуroußé
De poil gros & rebours se tenoit herißé:
Escumeux il bruyoit comme par les valées
Font bruit en escumant les neiges deuallées
L'hyuer, quand les torrens se roulent contre-val
Et font aux laboureurs & aux bleds tant de mal.

  Il se tint ferme en pied pour enferrer la beste,
Et l'espieu luy planter à l'endroit où la teste
Se ioint auec le col : le sanglier estonné
Se recule à costé, puis à front retourné,
Luy poußa de trauers ses defenses en l'aine,
Et tout palle & tout froid l'estendit sur l'araine.

  Au cry de son amy la pauure amante vint,
Qui plus au marbre froid toute froide deuint:
Elle s'esuanoüit, puis estant reuenuë
Frappe la tendre chair de sa poitrine nuë,
S'arrache les cheueux tesmoins de son meschef,
Et de vilain fumier des-honore son chef.

  Tenant en son giron l'amoureuse despoüille,
L'eschauffe de souspirs, de ses larmes la moüille,
Lamente, pleure, crie & große de soucy.
En regardant le mort faisoit sa plainte ainsi:

  Donque ma chere vie apres tant de delices,
Tant de plaisirs receus, tant de douces blandices,

                              a vij

Apres t'auoir nommé mon cœur & tout mon bien,
Faut-il qu'en t'embrassant ie n'embrasse plus rien
Qu'vn rien, à qui la mort des beautez enuieuse
A fait baigner les yeux en l'onde Stygieuse!
　Las! si tu m'eusses creu tu n'eusses assailly
Vn plus fort: au besoin mon conseil t'a failly.
La Rose fut ta leure & autour de ta bouche
Ne vit plus ton baiser: toutesfois ie la touche,
Morte ie la rebaise & sentir tu ne puis
Ny mon baiser ny moy, mes pleurs ny mes ennuis.
　Helas pauure Adonis, tous les Amours te pleurent,
Par ta mort Adonis toutes delices meurent!
Ton baiser seulement ne m'estoit pas plaisant,
Quand vivant tu baisou ma bouche en te baisant;
Mais en te baisant mort encor ma triste peine
Se soulage vn petit d'vne liesse vaine:
Pource ie te reschaufe & ne puis me garder
De te baiser souuent & de te regarder.
　Helas pauure Adonis, tous les Amours te pleurent,
Par ta fascheuse mort toutes delices meurent!
Adonis parle à moy & me vien consoler,
Baise moy pour adieu auant que t'en-aller.
　O belle face aimée, ô plaisante lumiere
De tes yeux qui tenoient mon ame prisonniere:
O cheueux crespelus, ô deuis amoureux,
O souuenir du bien qui m'est trop douloureux,
O l'Auril de ton âge, ô premiere ieunesse,
Qui mortelle auez pris le corps d'vne Déesse!
Las! vous n'estes plus rien, & ie me deuls dequoy
Ie suis & que la mort n'a puissance sur moy.
　Helas pauure Adonis, tous les Amours te pleurent:
Toy mourant par ta mort toutes delices meurent!

Las! auecques ta mort est morte ma beauté,
Ma couleur est ternie ainsi comme en Esté
Se ternissent les fleurs : pour toy seul i'estoy belle,
Et pour toy seulement ie vouloy sembler telle.

Ie suis maintenant vefue & porter ie ne veux,
Ny des bagues aux doigts ny l'or en mes cheueux,
Et si veux pour iamais (tant la douleur me tue)
Que la mere d'Amour de noir soit reuestue:
Ie veux que mon Ceston soit accoustré de noir,
Et que plus ie ne porte en la main de miroir.

Helas pauure Adonis, tous les Amours te pleurent:
Toy mort pauure Adonis toutes delices meurent!
Les bois auecques moy lamentent ton trespas,
Les eaux te vont pleurant, Echo ne s'en taist pas,
Qui dedans ses rochers redoublant sa voix feinte,
Ayant pitié de moy va resonnant ma plainte!
Toute belle fleur blanche a pris rouge couleur,
Et rien ne vit aux champs qui ne viue en douleur.

Helas pauure Adonis, tous les Amours te pleurent:
Toy mourant Adonis toutes delices meurent!
Las, helas tu es mort, tu es mort Adonis!
Tu me laisses au cœur des regrets infinis:
Mes plaisirs, mes esbats auec ta mort languissent,
Et pour ne mourir point mes douleurs ne finissent.

Furieuse d'esprit, criant à haute vois,
Ie veux escheuelée errer parmy les bois,
Pieds nuds, estomac nud ie veux que ma poitrine
Se laisse egrasigner à toute dure espine,
Ie veux que les chardons me deschirent la peau,
Ie veux seule grimper sur le haut du coupeau
De ce prochain rocher & folle de pensée,
Me ietter dedans l'onde à teste renuersée,

Pour conter aux poiſſons & aux fleuues le tort
Que la Parque m'a fait par ta faſcheuſe mort.
　Helas pauure Adonis, tous les Amours te pleurent!
Les beautez par ta mort & les Charites meurent!
L'Amour ne vaut plus rien, la Mort vaut beaucoup
　　　mieux,
Puis qu'elle prend à ſoy les delices des Dieux.
　Vous ſes Chiens qui plorez aux pieds de voſtre
　　　maiſtre:
Que par nom il ſouloit appeller & cognoiſtre:
Vous toiles & filets, & vous mal-ſeur eſpieu,
Dites à voſtre maiſtre vn eternel adieu,
Et courez és foreſts raconter aux Dryades,
Que du bel Adonis les plaiſantes œillades,
Qui les bruloit d'Amour ſont mortes, & qu'auſſi
La mere des Amours eſt morte de ſouci.
　Helas pauure Adonis, tous les Amours te pleurent!
Toy mourant par ta mort toutes delices meurent!
Vous mes Pigeons couplez, qui parmy l'air ſonnent
Trainez mon chariot auſſi toſt que le vent,
Montez dedans le ciel & racontez aux nuës,
Que mes lieſſes ſont vn ſongé deuenuës
Lequel s'eſuanouit & ſans effect ſe pert
Auſſi toſt que noſtre œil par le iour eſt ouuert,
Où comme l'onde coule, ou comme la ſumée
Se perd du vent ſouflé en replis conſommée.
　Vous Cygnes qui eſtiez à mon coche attelez
Ie vous donne franchiſe, en liberté volez:
Volez parmy les prez & contez aux fleurettes
Que Venus a verſé autant de larmelettes
Que de ſang Adonis : du ſang la belle fleur
De la Roſe vermeille a portrait ſa couleur.

Et du tendre crystal de mes larmes menuës
Les fleurs des Coquerets blanches sont deuenuës.
   Et vous fidelles Sœurs, mes Graces qui plorez
Mon mal & comme moy en larmes demeurez,
Allez, laissez moy seule, allez douces compagnes,
Allez & racontez aux plus sourdes montagnes,
Que mort en mon giron s'embrasse mon amy,
Qui ne ressemble vn mort mais vn homme endormy
Qu'encores le sommeil ne commence qu'à poindre.
Dites leur que d'odeurs son corps ne se peut oindre:
Mes odeurs, mes parfuns sont en l'air respandus,
Venus ne sent plus rien, tous mes ieux sont perdus,
Mes danses ont pris fin, mes plus douces liesses
Se tournent par sa mort en ameres tristesses,
Mon ris en descenfort, mon plaisir en malheur,
Et rien ne vit en moy que la mesme douleur.
   Helàs pauure Adonis tous les Amours te pleurent,
Car auecques ta mort toutes delices meurent!
   Tondez vous mes enfans, mes Amours, & iettez
Vos cheueux sur le mort : par pieces esclattez
Vos carquois & vos arcs, espeignez vos flammesches,
Et en mille morceaux brisez toutes vos flesches,
Venez autour de moy & vous lamentez fort,
Et faites en plorant les obseques du mort,
Que l'vn de ses beaux doits luy serre la paupiere,
L'vn souslene sa teste, & l'autre par derriere
L'esuente de son aile, & l'vn porte de l'eau
Dans vn bassin doré pour nettoyer sa peau.
   Helas pauure Adonis, tous les Amours te pleurent,
Par ta fascheuse mort toutes delices meurent!
O trois fois bien aimé, esleue vn peu tes yeux,
Chasse vn peu de ton chef le somme oblinieux,

A fin que la douleur à ton oreille vienne,
Et que ie mette encor ma leure fur la tienne,
T'embraffant en mon fein pour la derniere fois:
Car là bas aux enfers Adonis tu t'en vois!
Pour le dernier adieu baife moy ie te prie:
Autant que ton baifer encores a de vie,
Baife moy pour adieu : ton haleine viendra
Dans ma bouche & de là dans le cœur defcendra,
Puis iufqu'au fonds de l'ame, à fin que d'âge en âge
Ie conferue en mon fein ceft amoureux breuuage,
Qu'en tes leures baifant d'vn long trait ie boiray:
Humant ie le boiray, puis au cœur l'enuoyray
Pour le mettre en ta place au fond de ma poitrine:
Car de toy deformais iouira Proferpine.

 Ainfi difoit Venus qui fa leure approchant
Sur les leures du mort pleurante alloit cherchant
Les reliques de l'ame & les humoit en elle,
A fin de leur feruir d'vne tombe eternelle:
Les baignoit de fes pleurs, & d'vne haute vois
Rempliffoit les rochers, les riues & les bois,
S'efgratignoit la ioue & atteinte de rage
Se rompoit les cheueux & plomboit fon vifage.

 Luy tournant vers le ciel les yeux fit vn foufpir,
Puis preffé de la mort il fe laiffe affoupir
Sans force & fans vigueur dans les bras de la belle,
Ainfi qu'on voit faillir fans cire vne chandelle.

 Auffi toft qu'il fut mort, Amour d'autre cofté
Luy a pluftoft que vent fon regret emporté,
Si qu'elle qui eftoit n'agueres tant efprife
D'Adonis l'oublia pour aimer vn Anchife,
Vn Pafteur Phrygien, qui par les prez herbeux
De Xanthe recourbé faifoit paiftre fes bœufs,

Telles font & feront les amitiez des femmes,
Qui au commencement font plus chaudes que flames,
Ce ne font que fouspirs, mais en fin telle amour
Reffeble aux fleurs d'Auril qui ne vinēt qu'vn iour.

ELEGIE VI.

A GENEVRE.

E me fera plaifir Genéure, de t'efcrire,
Eftant abfent de toy mon amoureux
martyre.
Helas ie ne vy pas, ou ie vy tout ainfi
Que languit en fon lict vn malade
tranfi
Qui deçà qui delà fe tourne & fe remuë
Ayant dedans le fang la fiéure continuë,
Qui refue & fe defpite & ne fçait comme il faut
(Ore entre la froideur & ore entre le chaud)
Gouuerner fagement fa raifon eftourdie
Des differeas accez de telle maladie.
Ainfi quand le foleil fe plonge dans la mer,
Quand il vient le matin les Aftres enfermer,
Et quand en plein midy tout ce monde il contemple,
Ie brufle impatient: & mon mal fert d'exemple
Aux hommes qu'on ne doit deffous le ioug plier
D'Amour ou tout foudain le rompre ou l'oublier.
Certes celuy meurt bien qui meurt par fantafie,
Lors que l'ame amoureufe eft tellement faifie,

Qu'en fuyant de son corps pour re-viure autre part,
A son hoste ancien ses vertus ne départ:
Mais priué d'action demeure froid & palle,
Sans force & mouuement & sans humeur vitalle,
Comme vn image fait de bronze ou de metal,
Qui (pour n'estre animé) ne sent ny bien ny mal.

   Ie ne voy rien icy qui regret ne m'ameine:
Le iour m'est ennuyeux, la nuict me tient à peine:
Et comme vn ennemy tres-dangereux ie fuy
Le lict qui toute nuict redouble mon ennuy.

   Quand le Soleil descend dans les ondes sallées,
Ie me desrobe és bois ou me pers és valées,
Ie me cache en vn Antre & fuyant vn chacun
(De peur qu'à mes pensers ne se monstre importun)
Ie parle seul à moy, seul s'entretien mon ame,
Discourant cent propos d'Amour & de ma Dame:
D'vn penser acheué l'autre soudain renaist,
Mon cœur d'autre viande en amour ne se paist:
Il mourroit sans penser, le penser est sa vie
Et ta douce beauté que seule i'ay suiuie.

   Ainsi par les deserts tout le iour ie me deulx,
Puis quand l'obscure nuict se perruque de feux,
Le solitaire effroy hors des bois me retire,
Et iusques au logis Amour me vient conduire.

   Quand ie suis en ma chambre encore pour cela
Ie ne suis à repos, le soing deçà delà
M'esgratigne le cœur & ma playe cruelle
Lors que ie voy mon lict s'aigrit & renouuelle.
Pour ne me coucher point ie cherche à deuiser,
Ie lis en quelque liure ou feins de composer,
Ou seul ie me promeine & repromeine encore,
Essayant de tromper l'ennuy qui me deuore.

A la fin mes vallets qui portent sur les yeux
Et dans le nez ronflant le dormir ocieux,
Entre-sillez du somme ainsi me viennent dire:
Monsieur, il est bien tard, vn chacun se retire,
Ia my-nuit est sonné, qu'auez vous à gemir?
La chandelle est faillie, il est temps de dormir!

Alors importuné de leur sotte priere
Ie laisse tout mon corps pancher en vne chaire
Nonchallant de moy-mesme, & mes bras vainement
Et mon chef paresseux pendant sans mouuement,
Ie suis sans mouuement, paresseux & tout l'âche.

L'vn m'oste ma ceinture & l'autre me détache,
L'vn me tire la chausse & l'autre le pourpoint:
Ils me portent au lict & ie ne le sens point?
Puis quand ie suis couché Amour qui me trauaille,
Armé de mes pensers me donne la bataille:
Le lict m'est vn enfer, & pense que dedans
On ait semé du verre ou des chardons mordans:
Maintenant d'vn costé, maintenant ie me tourne
Desur l'autre en pleurant, & point ie ne seiourne.

Amour impatient qui cause mes regrets,
Toute nuict sur mon cœur aiguise tous ses traits,
M'aiguillonne, me poingt, me pique & me tourmente,
Et ta ieune beauté tousiours me represente.

Mais si tost que le coq planté desur vn pau
A trois fois salué le beau Soleil nouueau,
Ie m'habille, & m'en-vois où le desir me meine
Par les prez non frayez de nulle trace humaine,
Et là ie ne voy fleur ny herbe ny bouton,
Qui ne me ramentoiue ores ton beau teton,
Et ores tes beaux yeux en qui Amour se ioüe,
Ores ta belle bouche, ores ta belle ioüe

Puis foulant la rosée en pensant ie m'en-vois
Trouuer quelque Genéure au beau milieu d'vn bois,
Où loin de toutes gens ie me couche à l'ombrage
De cest arbre grené dont l'ombre me soulage:
Ie l'embrasse & le baise & l'arraisonne ainsi,
Comme s'il entendoit ma peine & mon souci.

Genéure qui le nom de ma maistresse portes,
Au moins ie te suppli' que tu me reconfortes
Couché sous tes rameaux, puis qu'absent ie ne puis
Ny baiser ny reuoir la Dame à qui ie suis.
Ie te puis asseurer que l'arbre de Thessale
De Phebus tant chery n'aura louange égale
A la tienne amoureuse, & mes escrits feront
Que les Genéures verds les Lauriers passeront.

Or-sus embrasse moy, ou bien que ie t'embrasse,
Abaisse vn peu ta cyme afin que i'entrelasse
Mes bras à tes rameaux, & que cent mille fois
Ie baise ton escorce & embrasse ton bois.

Iamais du bucheron la penible cognée
A te couper le pied ne soit embesongnée,
Iamais tes verds rameaux ne sentent nul meschef:
Tousiours l'ire du Ciel s'estongne de ton chef,
Foudres, gresles & pluye: & iamais la froidure
Qui esueille les bois n'éfueille ta verdure.
Tous les Dieux forestiers, les Faunes & les Pans
Te puissent honorer de bouquets tous les ans,
De guirlandes, de fleurs, & leur bande cornuë
Face tousiours honneur à ta plante cognuë.

A l'entour de ton pied, soit de iour soit de nuit,
Vn petit ruisselet caquette d'vn doux bruit,
Murmurant ton beau nom par ses riues sacrées:
Où les Nymphes des bois & les Nymphes des prées

Couuertes de bouquets y puissent tous les iours
En dansant main à main, te conter mes amours,
Pour les bailler en garde en faisant leurs caroles,
A la Nymphe des bois qui se paist de paroles.

 Ainsi ie parle à l'arbre & puis en le baisant
Et rebaisant encor ie luy vois redisant:
 Genéure bien-aimé, certes ie te ressemble,
Auec toy le destin sympatizant m'assemble:
Ta cyme est toute verte & mes pensers tous vers
Ne meurissent iamais : sur le Printemps tu sers
A percher les oiseaux, & l'Amour qui me cherche,
Ainsi qu'vn ieune oiseau desur mon cœur se perche:
Ton chef est herissé, poignant est mon souci,
Ta racine est amere & mon mal l'est aussi:
Ta graine est toute ronde & mon amour est ronde,
Constante en fermeté qui tout en elle abonde:
Ton escorce est bien dure & dur aussi ie suis
A supporter d'Amour la peine & les ennuis.
Tu parfumes les champs de ton odeur prochaine,
Et d'vne bonne odeur m'amour est toute pleine:
Tu vis dedans les bois & bocager ie vy
Solitaire & tout seul si ie ne suis suiuy
D'Amour qui m'accompagne, & iamais ne me laisse
Sans me representer nostre belle maistresse:
Nostre, car elle est mienne & tienne: puis ie croy
Que tu languis pour elle aussi bien comme moy.

 Ainsi ie parle à l'arbre, & luy branlant la cyme
Fait semblant de m'entēdre, & d'apprendre ma ryme,
Puis la rechānte aux vents, & se dit bien-heureux
D'estre honoré du nom dont ie suis amoureux,
Voyla chere maistresse en quelle frenaisie
Amour m'a fait tomber pour seule auoir choisie

Voſtre ieune beauté,que l'imaginer ſent
Au profond de l'eſprit bien qu'il en ſoit abſent.

   I'ay certes eſprouué par mainte experience
Que l'amour ſe renforce & s'augmente en l'abſence,
Ou ſoit qu'en diſcourant le plaiſant ſouuenir
Ainſi que d'vn appaſt la vienne entretenir,
Ou ſoit que les portraits des lieſſes paſſées
S'imprime freſchement en l'ame ramaſſées,
Ou ſoit qu'elle ait regret au bien qu'elle a perdu,
Soit que le vuide corps plus plein ſe ſoit rendu,
Soit que la volupté ſoit trop toſt periſſable,
Soit que le ſouuenir d'elle ſoit plus durable:
Bref ie ne ſçay que c'eſt:mais certes ie ſçay bien
Que i'aime mieux abſent qu'eſtant prés de mon bien.

   Car quand il me ſouuient ou de ta belle face,
Ou de l'heure ou du lieu,du temps ou de la place
Qu'Amour ſi doucement me fit parler à toy,
D'vn extréme plaiſir ie ſuis tout hors de moy.

   Puis quand il me ſouuient de tes douces paroles,
De tes douces chanſons deſquelles tu m'affoles,
Me ſouuenant encor de tes honneſtetez,
Et de ta courtoiſie & de tes priuautez
Et de l'affection enuers moy ſi naïue
Quand mon corps eſt malade & mon ame penſiue.

   Et bref,me ſouuenant de l'extréme douceur
Qui part de tes beaux yeux dont ie nourris mô cœur,
Plus mon amour s'augmente & plus mon eſtincelle,
Eſtant loin de mon feu s'accroiſt & renouuelle.

   Voyla mon naturel & ſi trompé ie ſuis,
La faute vient d'Amour non de moy qui ne puis
Meſloigner de l'ardeur de te revoir preſente:
Si ie ſuis abuſé mon amour me conſente.

                                    Maiſtreſſe

Maiſtreſſe en attendant le bien de te reuoir,
Pour gages de mon cœur tu pourras receuoir
Ces vers que de ſa main Amour meſme te porte:
En eſcriuant de toy mon cœur ſe reconforte.

ELEGIE VII.

 Il Amour qui conduit des Amans l'en-
treprise,
Euſt voulu mettre à fin ma parole pro-
miſe,
Et ſi le fier Deſtin, dont chacun eſt donté
N'euſt contre mon vouloir forcé ma volonté,
Penſif ie ne ſerois languiſſant de triſteſſe,
Et verrois accomplir enuers vous ma promeſſe.
   Mais puis que le malheur & les cieux ennemis,
Ialoux de mon plaiſir tel bien ne m'ont permis,
Il faut que le papier icy vous repreſente
Le plaiſant deſplaiſir qui le cœur me tourmente.
   O quantesfois depuis voſtre ennuyeux depart,
Solitaire & penſif ay-ie ſeul à l'eſcart
Erré par les rochers! & quantesfois aux plaines
Et aux ſablons deſerts ay-ie conté mes peines,
Et l'ennieux regret que i'ay de ne reuoir
Voſtre face qui peut les rochers eſmouuoir!
   Tout ainſi qu'vn paſſant qui parmy la nuict brune
Errant dedans vn bois ſans ayde de la Lune
S'eſgare en mille lieux: car de chaque coſté
Le chemin luy eſt clos faute de la clarté:

C

Ainsi faute de voir vostre belle lumiere,
Qui estoit de mes yeux la clarté coustumiere,
I'erre seul egaré : seulement le penser
Pour guide me conduit, & ne me veut laisser.

Ie m'en-vois bien souuent dans les forests desertes,
Sur le bord des ruisseaux, & par les riues vertes,
Où le pied me conduit, poussé du souuenir
Qui vous fait par image à mes yeux reuenir.

Là soit que i'apperçoiue vn arbre solitaire,
Vn rocher, vne fleur, vne fontaine claire,
Ie pense en les voyant vous voir, & si ne puis
Penser en autre part qu'en vous à qui ie suis:
Ainsi bien loin de vous, de vous i'ay la presence,
Et la longueur des lieux n'est cause de l'absence.

L'astre qui me domine auant que d'estre né,
M'auoit pour estre esclaue ici predestiné,
Et ne puis eschapper que tousiours ie ne viue
Serf de peine & d'ennuy quelque part que ie suiue.
Si ie suis longuement en ceste Court icy,
Ie seray prisonnier de dueil & de soucy:
En ceste Court fascheuse, odieuse & remplie
D'erreurs, d'opinions, de troubles & d'ennuie,
Où rien ne m'est plaisant : car cela qui me plaist,
Ainsi comme il estoit pour ceste heure n'y est:
I'enten vostre beauté qui m'est plus agreable
Que de mes propres yeux la lumiere amiable:
Et si ie vais au lieu où vous faites sejour,
Ie seray prisonnier de ce fascheux Amour.

Mais vne liberté telle prison i'appelle,
Pour vous sçauoir en tout si parfaite & si belle,
Qu'vn Dieu le plus puissant s'estimeroit heureux
D'estre de vos beaux yeux idolatre amoureux.

Ce-pendant ie vous pri' (par voſtre belle face,
Par vos creſpes cheueux dont le lien m'enlace
Non ſeulement le corps mais l'eſprit & le cœur,
Et ie ne ſçay comment s'en fait maiſtre & veinqueur)
D'accuſer ma fortune à mon vouloir contraire,
Et non pas le deſir que i'auoy de vous faire
En chemin compagnie & vous ſuiure en tous lieux,
Pour iouyr ſans repos du plaiſir de vos yeux,
Et receuex en gré ceſte Lettre qui vole
Vers vous pour vn adieu en lieu de la parole,
Qui ne vous peut, helas! en partant de ce lieu
Ainſi qu'elle deuoit dire humblement adieu.
 Hà, que ie ſuis marry que mon corps n'a des ailes
Pour voler comme vent, où ſont vos Damoiſelles!
Ie leur dirois adieu, & plus de mille fois
En diuerſes façons leurs yeux ie baiſerois:
Ie baiſerois leur ſein & leur bouche vermeille,
Qui reſemble en beauté l'Aurore, qui s'eſueille,
Bouche de qui le ris d'entre les perles ſort,
Qui donne tout enſemble & la vie & la mort.
 Puis que mon corps peſant ne permet que ie vole,
Seulement du penſer abſent ie me conſole,
Et par le ſouuenir qui eſt le ſeul ſecours
Des amans eſtongnex ie vous voy tous les iours,
Car l'abſence des lieux ne peut rendre effacée
L'amour qui ſe nourrit du bien de la penſée.

C ij

ELEGIE VIII.

Eluy deuoit mourir de l'esclat du ton-
nerre,
Qui premier descouurit les Mines de la
terre,
Qui becha ses boyaux, & hors de ses rongnons
Tira l'argent & l'or, deux meschans compagnons.
Il ne fut pas content de les tourner en lames,
De les batre au marteau, les affiner aux flames,
Les mettre en la coupelle & les refondre, afin
Que l'Or ne fust qu'esprit & qu'il deuinst plus fin:
Mais il les desguisa de cent sortes nouuelles,
Decouppez par morceaux & par tenuës rouëlles,
Et furent ses morceaux en escus transformez.
En-noblis du portrait des grands Princes armez,
Tenans droite l'espée ou portans sur la teste
Vn rameau de Laurier signe de leur conqueste,
Ou grauez d'vne Croix, dont la saincte vertu
Par sa force a tousiours le monde combatu.
Mesmes les puissás Dieux qui n'ont point indigence
Des biens qui sont acquis par nostre diligence,
Voyans l'Or si luisant en firent honorer
Leurs Images pompeux & leur temple dorer.
Iustice en fit iaunir sa balance sacrée,
Tant de ce sainct metal la splendeur luy aggrée.
Les hommes forcenez enragerent aprés,
Ils vendirent leur foy pour l'amasser espés,
Pour captif l'enfouir en des fosses cauées,

Ou pour le faire battre en vaiſſelles grauées,
Afin que la viande en vn plat iauniſſant
Allaſt des conuieZ les yeux eſblouyſſant,
Et leur buffet chargé de riche orſéurerie
Fiſt vn iour de la nuict par telle piperie.

Ils ont eſtraint leur col de groſſes chaines d'Or,
Ils ont fait des anneaux à leurs doigts, & encor
Des carquans à leurs bras, ſigne que leur franchiſe
Eſt ſerue de richeſſe, & que l'Or la tient priſe.

Ils furent ſi deceus qu'ils ne cognurent pas
Que ce metal eſtoit cauſe de leur treſpas.

Par luy ſortit au iour la diſcorde enragée,
Par luy ſe renuerſa mainte ville aſſiegée,
Par luy vint le proceZ, les guerres, & le fer,
Et tout ce qui habite au portique d'Enfer.
Luy ſeul borna les champs : par luy le propre frere
N'eſt pas frere au beſoin, ny le pere n'eſt pere:
Par luy la foy ſe fauſſe, & mille maux diuers
Par luy ſe ſont campez en ce grand vniuers
Qui de toute bonté les terres deſolerent:
Puis Iuſtice & Vergongne au Ciel s'en reuolerent.

Les hauts Pins qui auoient ſi longuement eſté
Sur la cyme des monts planteZ en liberté,
Sentirent la cognee & tourneZ en nauire
Voguerent aux deux bords où le Soleil ſe vire,
Paſſerent ſans frayeur les ondes de la mer,
Virent Scylle & Charybde aſprement eſcumer,
Conduits d'vn matelot, dont la mordante enuie
D'amaſſer des treſors baille aux ondes ſa vie,
Afin de rapporter des pays eſtrangers
Des lingots recherchez par cent mille dangers.

O bien-heureux le ſiecle où le peuple ſauuage
C iij

Viuoit par les forests de glan & de fruitage!
Qui sans charger sa main d'escuelle ou de vaisseau,
De la bouche tiroit les ondes d'vn ruisseau:
Qui les Antres auoit pour maisons tapissees,
Et pour robbe l'habit des brebis herissees!
Le velours n'auoit lieu, la soye ny le lin,
Ny le drap enyuré des eaux du Gobelin.

Les marchez n'estoiët point ny les peaux des oüailles
Ne seruoient aux contracts : les paisibles orailles
N'entendoient la trompette, ains la tranquillité,
La foy, la prud'hommie, Amour & Charité,
Regnoient aux cœurs humains, qui gardoient la Loy
　　sainte,
De Nature & de Dieu sans force ny contrainte:
L'ardante ambition ne les tormentoit pas:
Ils ne cognoissoient point ny escus ny Ducats,
Nobles ny Angelots ny ces Portugaloises
Qui sement dans les cœurs des hommes tant de noises.

Certes Dieu qui tout peut, deuoit (sage Baillon)
Faire que les rochers seruissent de Billon,
Et les fueilles des bois qui tombent par la voye,
Se prinssent en payment ainsi que la monnoye:
Chacun à chaque pas sans peine ny sans soin
Eust trouué par les champs secours à son besoin
Sans mendier cest Or qui ne nous veut attendre,
Mais tant plus est suiuy & moins se laisse prendre,
Volant comme vn oiseau où comme vn trait poussé
Par la courbe roideur d'vn arc bien enfoncé.

Or quant à moy Baillon, ce metal ie deteste,
Ie l'abhorre & le fuy & le hay comme peste,
Et certes à bon droit : car i'ay tousiours par luy,
En forçant ma nature, endaré trop d'ennuy.

Pour le penser gaigner i'ay courtizé les Princes,
Et les grans Gouuerneurs des royales prouinces:
I'ay sué, trauaillé, escrit, & composé,
Quatre heures en la nuict à peine ay reposé,
Ie me suis tourmenté sans nulle recompense:
Car enuers mes labeurs trop ingrate est la France.

Mais puis que ce metal, et Or si glorieux
Est ores le veinqueur de tous victorieux,
Et que le cours du temps la puissance luy donne
D'inueincu commander à chacune personne:
Et qu'on ne vit tant d'air, ny d'eau, ny de Soleil,
Que par l'Or qui ne trouue vn metal son pareil:
Encor que ie l'abiure, & l'abhorre, & le fuye,
Si est-ce toutefois, qu'à tecoup ie le prie
De passer par tes mains pour s'en venir loger
Chez moy qui le tiendra comme vn hoste estranger
Sans trop le caresser: car ie ne fay pas conte
D'vn hôme fust-il Roy quand l'Argent le surmonte:
Il en faut seulement pour la necessité,
Et pour nous secourir en nostre aduersité:
Le reste est superflu, qui ne sert qu'à nous faire
Ou proye des larrons, ou fable du vulgaire.

C iiij

ELEGIE IX.

Cinq iours sont ja passez, Denizot mon amy,
Que ma Dame malade en repos n'a dormy:
Tu sçais combien son mal de douleur me con-
    somme,
Allons piller les champs de ta Sarte & du Loir,
Et d'vne triste main faisons nostre deuoir
De cueillir des pauots qui sont sacrez au Somme.
 Hà mon Dieu que i'en voy! ces champs en sont tous
   pleins!
Chargeons-en nostre sein, nos manches & nos mains!
Nous en auons assez: apporte du lierre,
Puis de gazons herbus maçonne vn autel vert:
Trois fois tourne à l'entour, & d'vn chef descouuert
Dy ces mots apres moy, regardant contre terre:
 Somme fis de la Nuict, & de Lethe oublieux,
Pere alme, nourrissier des hommes & des Dieux,
De qui l'aile en volant espand vne gelée
Sur l'humide cerueau, & bien qu'il fust remply
D'amour & de procez, tu l'assoupis d'oubly,
Et charmes pour vn temps sa tristesse sillée.
 Tu enserres les yeux de tous les animaux
D'vn lien fait d'airain de tous ceux qui des eaux
Douces & de la mer coupent l'humide voye,
Et de ceux empennez appris à bien voler,
Et de tous ceux qu'on laisse en pasturage aller
Et de ceux qui au bois se nourrissent de proye.
 Sans ton secours mourroit tout ce grand monde icy,
C'est pourquoy l'on t'appelle alme, desli-soucy,
Donne-vie, oste-soin: ta semblance admoneste

De contempler la mort quand tu nous viens toucher
Du bout de ton pauot les yeux pour les boucher,
Et quand d'vn flot Lethé tu nous baignes la teste.

Tu es du vueil des Dieux Prophete & messager,
C'est toy qui en dormant à l'homme fais songer
Son sort bon ou mauuais : & si nous estions sages,
Sages non seulement, mais aussi gens de bien,
Rien ne nous aduiendroit que nous ne sceussions bien
Long temps deuant le fait, instruits de tes presages.

O Somme, ô grand Démon, ô l'vtile repos
De toute ame qui vit, pren à gré ces pauots,
Cet encens, ceste manne, & vien dessous ton aile
Couuer vn peu les yeux, les temples & le front,
De ma Dame malade, & d'vn sommeil profond,
Toutesfois resueillable, allege le mal d'elle.

C'est assez, Denizot, exaucé ie me sens:
De son bon gré la flamme est prise dans l'encens,
Et ne sçay quel Démon a la manne leichee:
Retournons au logis, le cœur me bat d'espoir,
Qui prophete me dit que nous la pourrons voir,
Sinon du tout garie, au moins bien allegee.

C v

ELEGIE X.

E moy seul ennemy sans cause ie
me plains,
Puis tantost de Fortune & de vous
ie me plains,
Accusant vos beaux yeux qui par
vn traict de veuë

Auez de son rempart ma raison despourueuë:
Si qu'en lieu d'estre Dame, à mon dam ie la sens
Vne raison esclaue obeyr à mes Sens,
Trompant ma fantasie & me donnant pour maistre
Vn aueugle, vn enfant qui ne vient que de naistre.
Or de vous ie me plains qui tenez si haut lieu,
Que pour estre seruie il vous faudroit vn Dieu.
Mais plus que de nous deux ie me plains de Fortune,
Qui cruelle à mon mal sans cesse m'importune,
Me r'engrege ma playe & me faict amoureux
De vous dont le bon-heur m'a rendu malheureux:
Car pour aimer trop haut, & pour n'auoir egale
Ma puissance à la vostre helas! ie suis Tantale
Qui meurs de soif en l'onde, & qui ne puis toucher
Au doux fruict que ie vay sur ma leure approcher.
Ainsi pour estre moindre & vous superieure
De race & de grandeur ie languis à toute heure
Et re-vis sans espoir de iamais acquerir
Ce doux mal qui me fait si doucement mourir.
Quand Pyrrho & son mary peuploient les vuides
terres,

Ruant parmy les champs les semences des pierres
Peres du genre humain : les cailloux qu'ils iettoient,
En dignité pareille egalement estoient:
En dignité pareille il nous faudroit donq estre,
Si voulions ressembler les autheurs de nostre estre,
Sans que race ou credit ou le bien temporel
Rompist l'equalité de nostre naturel.
    Maudits soient les presens dont la tasse feconde
De la belle Pandore a remply tout le monde!
Le peuple qui auoit egalement vescu,
Se vit d'ambition & de gloire veincu.
De là vint la grandeur, de là vint la richesse,
De là vint le haut nom de Royne & de Princesse,
Tiltres ambitieux : & de là vint encor
Le desir d'enchasser les gemmes dedans l'or.
Lors la simplicité abandonna la place
Aux credits, aux faueurs, aux grandeurs, à la race,
Et quittant les citez, les villes & les Rois
Auecques les pasteurs habita par les bois.
    Le doux fils de Venus qui simple & nud desdaigne
Que toute majesté le suiue pour compagne,
Print l'arc dedans la main & raguisant ses traits
Pas à pas la suiuit par les hautes forests,
Et tirant doucement ses fleches moins cruelles
Dans le cœur innocent des ieunes pastourelles
Entre les durs rochers, les bois & les deserts,
A la fraescheur d'vn antre ou sous les arbres verds,
Les apprit à aimer d'vne amitié non fainte
En toute liberté, sans danger ny sans crainte
Les apprint à baiser, à toucher, à taster,
Et de la simple amour simples se contenter,
Loin d'inequalité qui trop est dangereuse,

C vj

Et presque insupportable à toute ame amoureuse.
L'ēnuy qui plus m'offense & plus me fait de mal,
C'est qu'à vostre grandeur ie ne suis pas egal.
Et le cognoissant bien ie cherche en toute sorte
D'oster hors de mon cœur l'amour que ie vous porte:
Mais plus ie veux l'oster, & tant plus mon desir
Se laisse r'engluer de son noūueaū plaisir,
Dressant à ma douleur contre mon esperance
Vn rempart fait du temps & de perseverance.

Ainsi plus ie desire à couurir ma douleur,
Plus ce m'est de plaisir de dire mon malheur,
Me combatre moy-mesmes & resister aux peines
Dont ces hautes amours difficiles sont pleines;
Tantost i'espere tout, puis ie n'espere rien,
Tantost sur vos propos s'asseure tout mon bien:
I'ay des ailes de cire en volant ie m'abaisse,
Et pour auoir bon cœur ie pers la hardiesse.

Madame ie vous prī que vous n'ayez esgard
A la noble grandeur dont vostre race part,
Et faites s'il vous plaist, que cela ne vous garde
Que vostre œil amoureux vn iour ne me regarde.
Ie sçay que ie suis fol d'aimer si hautement:
Mais volontiers Amour crre sans iugement,
Et toufiours la raison ne guide la pensee,
Quand elle est par Amour doucement insensee.

Tout bon cœur est suiet aux passions d'aimer:
On ne voit seulement les hommes s'enflamer
D'vn si gentil desir, mais les Dieux n'ont pas honte
D'abaisser leur grandeur quand Amour les surmonte:
Et vestant maintenant les plumes d'vn oyseau,
Ou le poil d'vn Satyre, ou celuy d'vn Taureau,
Abandonnent le Ciel pleins d'amoureuses flames,

Pour estre seruiteurs de nos mortelles femmes.
En imitant ces Dieux s'il vous plaisoit vn iour,
Prenant pitié de moy me donner vostre amour,
Ie mettrois telle peine à vous faire seruice,
Qu'en moy vous trouueriez vn seruiteur sans vice,
Et vous repentiriez que plustost ie n'aurois
Receu vostre faueur qui est digne des Rois,
Faueur que ie ne puis à ma douleur promettre,
Et qui d'homme mortel au ciel me pourroit mettre.

　I'ay comme auantureux en diuers lieux aimé,
Tousiours sage & discret des Dames estimé:
Ie sçay de quel honneur on respecte la grande,
Ie sçay bien quel seruice vne refue demande,
Vne fille, vne femme, & si sçay bien comment
On se doit en tel faict gouuerner sagement:
Ie n'y fis iamais faute & ne pourrois le faire,
Comme predestiné pour aux Dames complaire.

　Mais si par traict de temps ma serue loyauté,
Ne peut trouuer en vous que toute cruauté,
Et si contre ma foy vous deuenez si fiere,
Que ie ne puisse helas! vous flechir par priere:
Pour me donner secours i'appelle à mon confort
Contre vostre rigueur Nemesis & la Mort,
Pour ne vous seruir plus de longue mocquerie,
Et mon ombre en tous lieux vous soit vne furie.

ELEGIE XI.

'Ay cherché mainte année, & fuy
        tout ensemble,
Que la longueur du temps, qui l'amour
        des-assemble
Ou disgrace, ou Fortune, ou voyage
lointain,
Ou maladie ostast vostre amour de mon sein.
    Mais plus i'opiniastre à vous seruir, Madame,
Plus les ans vont fuyant, & plus ie porte en l'ame
Maugré tous accidens, sans iamais estre franc,
Vostre beau nom qu'Amour m'a coulé dans le sang,
Tant s'en faut que l'ardeur de mon feu diminue,
Que nourry de vos yeux toussours il continue
De renaistre en mon ame, & toussiours s'accroissant
S'augmente de sa flame & deuient plus puissant.
Et pource desireux de vostre bonne grace,
I'essaye tous moyens de reschaufer la grace,
Qui serroit froidement vostre cœur au dedans,
Defendant le passage à mes soustirs ardans.
Si qu'en sentant d'Amour la douloureuse estreinte,
A par-moy bien souuent ie fais ainsi ma plainte,
Reconfortant mon cœur. Tant plus vn bon Soldat
Se rend opiniastre à garder le rempart,
Plus il est assiegé d'vne puissante armée,
Et tant plus il s'acquiert de bonne renommée,
S'il resiste au danger, & si braue de cœur
Il se fait au combat des ennemis veinqueur:

Donqúes en imitant le vaillant Capitaine,
,, Combatons le malheur : L'honneur gist en la peine.
Ainsi me consolant de tels braues propos,
Comme charmé d'Amour ie me senty dispos,
Et renforçay mon cœur à vous faire seruice,
Afin qu'en vous aimant mon destin ie suiuisse.
    Seule ie vous appelle à tesmoin de cecy,
Seule vous cognoissez mon mal & mon souci
Sans rien vous reprocher : non qu'en pleurant ie pense
Tirer de mon seruice aucune recompense
(Vous seule cognoissez si ma fidelité
Merite d'estre bien ou d'estre maltraité)
Mais afin que ma playe icy vous fust déclose,
5 Ou si vostre memoire heureuse en autre chose,
Ou si vostre bel œil ne faisoit son deuoir,
Ce papier quelquefois vous peut ramenteuoir
Le tourment que i'endure, en vous faisant entendre
Mon mal que vostre orgueil n'a iamais sceu cöprendre.
    Donques à tel effect gardrez cet escrit,
Afin qu'en le lisant, vostre gentil esprit
S'asseure que le Temps ny la Mort ny Fortune,
Ny tout ce qui depend d'enuie ou de rancune,
Ne sçauroit empescher ny ce bien ny cet heur
Que ie ne sois tousiours vostre humble seruiteur,
Esclaue de vos yeux, où Amour mit l'enseigne
Qui le chemin d'honneur & de vertu m'enseigne.
Car tant plus ie verray mon fait desesperé,
Plus ie verray mon cœur d'esperance asseuré,
Et feray fondement d'vne perseuerance
Quand de plus esperer ie perdray l'esperance.
Mon mal d'vn tel discord se contente & se plaist,
Puis d'vne autre viande Amour ne se repaist.

L'accord & le discord luy seruent de pasturè
De tel arbre tel fruit: c'est d'Amour la nature.

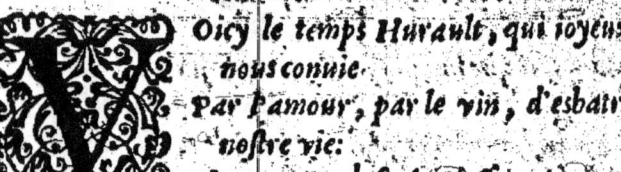

ELEGIE XII.

A I. HVRAVLT, SIEVR
de la Pitardiere.

Oicy le temps Hurault, qui ioyeux
    nous conuie
Par l'amour, par le vin, d'esbatre
    nostre vie:
L'an reprend sa ieunesse, & nous
    monstre comment
Il faut ainsi que luy raieunir doucement.
Ne vois-tu pas Hurault, ces ieunes Arondelles,
Ces Pigeons tremoussans & du bec & des ailes,
Se baiser goulument & de nuict & de iour
Sur le haut d'vne tour se soulasser d'amour?
Ne vois-tu pas comment ces Vignes enlassees
Serrent des grands Ormeaux les branches embrassets?
Regarde ce bocage, & voy d'vne autre part
Les bras longs & tortus du Lierre grimpart
En serpent se virer à l'entour de l'escorce
De ce Chesne aux longs bras & le baiser à force?
N'ois-tu le Rossignol, chantre Cecropien,
Qui se plaint toute nuict du forfait ancien,
Du malheureux Teree, & d'vne langue habile
Gringoter par les bois la mort de son Ityle?

Il reprend, il retient, il recoupe le son
Tantost haut, tantost bas, de sa longue chanson,
Apprise sans nul maistre, & d'vne forte haleine
Raconte de sa sœur les larmes & la peine.

Ne vois-tu d'autre part les Nymphes en ces prez
Esmaillez, peinturez, verdurez, diaprez,
D'vn poulce delicat moissonner les fleurettes
Qui deuoient estre proye aux gentilles auettes,
Lesquelles en volant de sillons en sillons,
De iardins en iardins auec les papillons
A petits branles d'aile amassent mesnageres
Des printanieres fleurs les odeurs passageres:
Cela nous admoneste en ces mois si plaisans
De ne frauder en rien l'vsufruict de nos ans,
Voicy la Mort qui vient, la vieille rechignée,
D'vne suite de maux tousiours accompagnée.
Il faut en despit d'elle empoigner le plaisir
Non en ce mois de May, où l'âge & le loisir
Réueillent nostre sang qui ieunement bouillonne,
Et aux plaisirs mignards tous nos sens aiguillonne.
Mais lors que soixâte ans nous viendront renfermer
Il faut le Triquetrac & les Cartes aimer,
Sans se laisser domter à la rigueur de l'âge,
Qui vous fera là-bas faire vn si long voyage,
D'où plus on ne reuient, au moinscomme l'on dit:
Si Catulle a menti ma faulte est à credit.

Tu prens (ie le sçaybien) le conseil pour toy-mesme
Que tu m'as ordonné: tu n'as point le teint blesme
Ny le front renfrongné: & pense qu'à te voir
Tu es vn gaillard homme & prompt à t'esmouuoir,
Quand tu as prés de toy quelque gentille Dame,
Dont la ieune beauté te fait resiouir l'ame:

Puis tu sers Apollon qui t'eschaufe le sein,
Et le pere Bacchus ne te vient à desdain.

Ie t'en ressemble mieux:car en ma fantasie
N'entra iamais ny dol,ny fard,n'hypocrisie.
Ie courtize Bacchus,Erycine,Apollon:
Les trois picquent mon cœur d'vn poignant aiguillon.
Ie les prens sobrement:si ie faux d'auenture,
La faute n'est pas mienne,elle vient de nature.

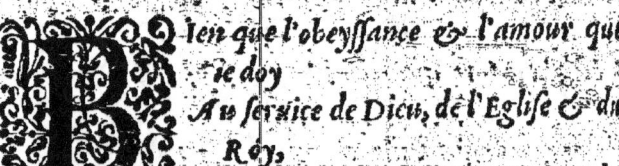

ELEGIE XIII.

Ien que l'obeyssance & l'amour que
ie doy
Au seruice de Dieu, de l'Eglise & du
Roy,
Me retiennent au camp au milieu des
alarmes
Animé d'vn courage aussi fort que les armes:
Si est-ce que le trait qui sortit de vos yeux
Pour me blesser le cœur m'accompagne en tous lieux,
Tousiours il me combat & la douce memoire
De vos perfections luy donne la victoire.

Soit que ie sois à pied auecques les soldars,
Ie sens tousiours d'Amour les fleches & les dars,
Soit que i'aille à cheual armé par la campaigne:
Tousiours ce petit Dieu en croupe m'accompaigne:
Iamais ne m'abandonne & comme mon veinqueur
Met l'enseigne à mon front & se campe en mon cœur.

La nuict quand les soldars sur la terre sommeillent
De la guerre lassez mes pensers me resueillent,

L'vn presente à mes yeux voſtre ieune beauté,
L'autre voſtre douceur pleine de cruauté,
L'autre vos doux-propos que ie garde dans l'ame:
Puis l'eſperance vient, qui tout le cœur m'enflame
D'vn deſir tres-ardent d'aller bien-toſt reuoir
Vos yeux qui me font viure & ſentir & mouuoir.

Las ! ie les aime tant que ie ne pourroy viure
Vne heure ſans les voir dont l'eſclair me fait ſuiure
L'honneur & la vertu & le chemin des cieux,
Tant ie ſuis redeuable à leur feu gracieux !

Ie mourrois ſans aimer leur gentille lumiere
Qui m'embraza le cœur d'vne flame premiere,
Et qui me fit ſentir combien eſt fort & chaud
L'Amour venant d'vn lieu ſi honorable & haut.

Ie ſuis la Salemandre & ne ſuis à mon aiſe
Si mon cœur n'eſt toſiours au milieu d'vne braiſe:
Le feu de vos beaux yeux tant ſeulement me plaiſt,
Et mon cœur en bruſlant ſe nourrit & ſe paiſt.

Si d'vn cryſtal bien net ma poitrine eſtoit faite,
Vous voirriez clairement mon amitié parfaite,
Vous cognoiſtriez ſans fard ma flame eſtinceler,
Qui eſclaire plus loin quand ie la veux celer:
(„Toute gentille ardeur eſt priſe en bonne place
„Ne ſe cache iamais quelque choſe qu'on face.)

Vous voirriez en mon cœur viuement imprimez
Voſtre front, voſtre bouche & vos yeux tant aimez,
Vos cheueux, les liens qui priſonniers me tiennent,
Mes penſers qui tous ſeuls en tous lieux m'entretiennent,
Voſtre main qui mõ cœur en ſes beaux doigts eſtreint:
Vous voirriez au naïf voſtre viſage peint,
Vos graces, vos beautez ſi diuines & ſaintes,
Par le pinceau d'Amour dedãs mon cœur empraintes.

Et lors ie suis certain qu'en regardant le trait
Imprimé dans mon sang de vostre beau portrait,
Vous auriez de ma foy parfaite cognoissance
Et seriez asseuree en mon obeissance.

Madame, ie sçay bien que tout seul ie ne suis
Qui desire le lieu que gaigner ie ne puis:
Vn homme seulement en terre ne regarde
La clarté du Soleil qui ses rayons nous darde.

Ie sçay que vos grandeurs, vos biés & vos honneur,
Ont le seruice acquis de deux braues Seigneurs,
Grans de race & de biens, de qui la renommee,
Reluit comme vne estoile à mi-nuict allumee,
Qui portans le harnois & le glaiue pointu
Ont fait par leurs combas paroistre leur vertu:

Si est-ce toutesfois bien qu'ils vantent leur race,
Courageux & remplis de Martiale audace,
Ie ne leur cede en rien : ou soit pour faire armer
Les galeres bien loin sur les flots de la mer,
Soit pour combatre en terre, & le fer de ma lance
Arrouser dans le sang des ennemis de France:
Mais ainsi que la nuict s'efface par le iour,
Tant soyent-ils amoureux ie passe leur amour.

Or si c'est bien aimer tousiours penser en celle
Qu'on estime en beauté sur toutes la plus belle,
Ne songer, ne parler & ne resuer sinon
En sa douce beauté, en sa grace, en son nom,
Et n'auoir en pensant pour subiet qu'vne chose,
Estre plein d'vn esprit qui iamais ne repose,
Ne viure plus en soy, remourir mille fois,
Ne parler qu'à demi, entre-rompre sa vois,
Discourir sans discours, viure de fantasie,
Tantost espris de peur, tantost de ialousie,

Se desfier de tout, ne s'asseurer de rien,
Dissimuler le mal, se promettre le bien,
Si cela est aimer, ie confesse, Madame,
Que ie vous aime mieux que ie n'aime mon ame,
Mes yeux, mon sang, mon cœur : car ie ne veux aimer
Moy-mesmes que d'autāt qu'il vous plaist m'estimer.

Ià deux ans sont passez que vous estes certaine
Combien pour vostre amour i'ay de mal & de peine.
Et s'il faut preferer celuy qui le premier
Ose prier sa Dame & s'en fait coustumier,
Sur mes deux compagnons ie doy gaigner la place,
Comme ayant le premier desiré vostre grace :
Et pource ie serois de douleur consommé,
Si vn autre cueilloit le champ que i'ay semé,
Et si par vn malheur la moisson qui m'est deuë,
Estoit deuant mes yeux d'vne autre main tonduë.

L'opiniastre humeur d'auoir tant esperé,
Merite iustement que ie soy preferé.
Puis voudriez-vous ingrate abandonner la France,
L'air de vostre païs & de vostre naissance?
Mais comment voudriez-vous la France aban dōner
Quand tous les estrangers y veulent seiourner?
,, Du pays naturel la douceur nous attire,
,, Et chacun de son feu la lumiere desire.
,, C'est à faire aux poissons qui courent par les eaux,
,, Aux bestes des forests, aux vagabons oiseaux,
,, De changer de païs, & n'arrester vne heure :
,, Mais l'homme bien rassis en sa terre demeure.

Et bien que l'Italie ait l'air delicieux,
Nourrice des Cesars, Princes victorieux,
Qui firent par la guerre aux autres peuples honte :
Si est-ce qu'auiourd'huy la France la surmonte

En Princes & en Rois,dont les faicts & les mains
Se pressent du silence à faulte d'escriuains.

   Au reste ie sçay bien qu'vne Dame sans vice
Comme vous,n'a le cœur entaché d'auarice:
C'est vn vilain peché,deshonneste,odieux,
Ennemi capital des hommes & des Dieux.
Donques puis que le ciel enuers vous ne fut chiche,
De vous faire sur toute,honneste,belle & riche,
Il ne faut ressembler à l'esponge qui boit,
Et tant plus elle a d'eau & tant plus en voudroit.
,, Le vray contentemèt ne gist en l'abondance,
,, Il gist à la mesure & à la suffisance:
,, Le but de la richesse est d'en sçauoir vser.
On pourroit vne femme indigente excuser
Qui court apres les biens pour nourrir sa famille:
Mais vne riche Dame amoureuse & gentille,
Qui a l'esprit bien né,se fait vn mauuais tour
Quand par trop d'auarice elle vend son amour.
Or si vostre grandeur aux richesses regarde,
De trouuer vn mary iamais vous n'auez garde.
Il vous faudroit vn Dieu: l'homme qui est mortel,
N'est pas digne d'auoir vn mariage tel.

   Mais si vous regardez au port & à la face,
Aux grandeurs des maisons,au sang & à la race,
Aux illustres vertus,indigne ie ne suis
D'auoir en vostre amour le bien que ie poursuis.

   Et bref vous me serez ou gracieuse ou braue,
Maugré vostre rigueur ie seray vostre esclaue.
I'espere tant de vous & de vostre pitié,
Qu'vn iour i'auray le fruict de ma longue amitié:
   Ou bien si le Destin empesche ma fortune,
Ie veincray le Destin par la rage importune:

Ie vous aimeray tant & vous seruiray tant,
Ie seray si loyal, si ferme, & si constant,
Que vostre cœur veincu (bien que cruel & rude)
M'ostera quelque iour le ioug de seruitude:
   Ou bien s'il ne le veut, ie fuiray dans ces bois,
Où tout desesperé maintenant ie m'en-vois
Mourir sous vn rocher: la passant d'auanture
Faites grauer ces vers desur ma sepulture.
   Celuy qui gist icy, mourut pour la beauté
D'vne Dame qui fut Phœnix en cruauté,
Qui tua son ami pour luy sébler trop belle,
Et mort sous ce tombeau souspire encor
   pour elle.

ELEGIE XIIII.

Viconque oste par force vne ieune pu-
   celle
Loin des bras de celuy qui meurt pour
   l'amour d'elle,
      Il a le cœur de roche & l'estomac de fer,
Et l'humaine pitié ne le peut eschaufer:
Il a succé le laict d'vne rousse Lionne,
Au fond d'vne cauerne vne Tygre felonne
L'a nourry de chair crüe, & n'a dedans le cœur
Que vagues, que rochers endurcis de rigueur.
   O Dieux! i'aimerois mieux, si i'estois Roy d'Asie,
Que la guerre m'ostast mon sceptre que m'amie.
L'homme vit aisément en ce mortel seiour

Sans auoir vn Royaume, & non pas sans amour:
» Amour qui est la vie & des Dieux & des hommes,
Que sert d'amonceler les tresors à grand sommes,
Estre Prince, estre Roy, sans prendre le doux fruict
D'vne ieune Maistresse en ses bras toute nuict ?
Ah ! le iour & la nuict viennent pleins de tristesse
A celuy, fust-il Dieu, qui languit sans Maistresse.
Las ! si quelque voleur, ou pirate de mer
Faisant en ce païs ses galeres ramer,
M'auoit osté la mienne, ou quelque estrange Prince,
Patience forcée il faudroit que ie prinse,
Et ne me chaudroit point de pleurer sur le bord,
Faisant maugré moy place à la rigueur du sort:
Voyant flotter la nef i'accuserois Fortune,
Qui me seroit (peut-estre) auec mille commune:
Mais vn parent me l'oste, ô fiere cruauté.
Iamais entre parens n'habita loyauté !

　　Au temps de la famine en vengeance, la foudre
Sa caze & son grenier puisse reduire en poudre,
Et luy en la plus dure & plus froide saison
Se puisse reschaufer au feu de sa maison,
Aille chercher son pain : ses fils venus en âge,
Contre luy despitez luy puissent faire outrage
Par procez embroüillez de mille meschans tours,
Pour la punition de rauir mes amours.

　　Sa femme soit publique & soit par la contrée
Au doigt de tout chacun vilainement monstrée:
Soit tousiours en tauerne ayant vendu ses biens,
Et face deshonneur comme putain aux siens.

　　Dormez en doux repos, ô cendre Icarienne,
Dessous les myrtes verds vostre Idole se tienne
Pour auoir bien aimé : si vous auez vendu
　　　　　　　　　　　　　　　　Vostre

Voſtre bien icunement pour vne deſpendu
Qui certes n'eſtoit pas digne de voſtre race,
Dormez en doux repos: Dieu vous face ſa grace,
Tel vous pourra blaſmer deuant les gens, qui ſçait
Et cognoiſt en ſon cœur que vous auez bien fait.

Ie ne ſuis pas celuy qui cenſeur vous accuſe,
Mais bien ie ſuis celuy qui courtois vous excuſe,
Vous reſſemblant d'honneur, & qui ſuis deſireux
Mourir ainſi que vous treſfidele amoureux.

Mô Dieu! que ſert d'aimer à la Court ces Princeſſes
Iamais telle grandeur n'apporte que triſteſſes,
Que noiſes, que debats: il faut aller de nuit,
Il faut craindre vn mari, toute choſe leur nuit,
Puis pour leur recompenſe ils ne reçoiuent d'elles
Que le meſme plaiſir des ſimples Damoiſelles.
Ils n'ont pas le tetin ni l'en-bon-poinct meilleur,
Ny les cheueux plus beaux, ny plus belle couleur,
Ny quand on vient au poinct les graces plus friandes.

Il n'eſt (ce diſent-ils) que d'aimer choſes grandes,
Que d'aimer en grand lieu. Periſſe la grandeur
Qui touſiours s'accôpaigne & de crainte & de peur!
Le ieune Dorillas en donne experience,
Qui pour aimer trop haut n'eut iamais patience
Malheureux de ſon heur: Periſſe la grandeur
Qui touſiours s'accôpaigne & de crainte & de peur?

Tu diras au contraire, Vne riche Princeſſe
Eſt pleine de faueurs, d'honneurs & de richeſſe,
De pages, d'eſtafiers. Hà! quand on vient au bien
Du plaiſir amoureux la ſuite ne vaut rien,
Il ſe faut cacher d'elle: en cela l'abondance
De trop de ſeruiteurs porte grande nuiſance
Où quand on aime bas, iamais on n'eſt épris

D

(Comme estant seule à seul) de crainte d'estre pris,
Ou bien s'on est surpris : ce n'est que moquerie
Qui n'aporte à l'amant querelle ny furie.

Quant à moy bassement ie veux tousiours aimer,
Et ne veux champion pour les Dames m'armer
Sans grande occasion: toute amour outragée,
Hostesse d'vn bon cœur desire estre vangée.

Auant qu'estre amoureux louer ie ne pouuois,
Comme simple au mestier, la guerre de deux Rois
Paris & Menelas, qui troublerent l'Asie
Et l'Europe en faueur d'vne si belle amie.

Or Menelas fit bien de la redemander
Par armes, & Paris par armes la garder:
Car le tendre butin d'vne si chere proye
Valoit bien vn combat de dix ans deuant Troye.
Ie les absous du fait, ie serois bien contant
La demander dix ans, & la garder autant.

Achille, ne desplaise à ton poëte Homere,
Il t'a fait vn grand tort! car apres ta colere
Ieunement irritée encontre Agamemnon,
Il t'a fait appointer pour ton mort compagnon,
Tu ne deuois superbe entrer en telle rage,
Ou tu deuois garder plus long temps ton courage.
O le braue amoureux! des cheuaux vistes-pieds,
Des femmes, des talens, des citez, des trepieds
Te firent oublier ton ire genereuse,
Qu'à bon droit tu conceus pour ta belle amoureuse!
Tu deuois courroucé, sans te fleschir apres,
Brusler ou voir brusler les nauires des Grecs.
Mais qui auroit, dy moy, de te loüer enuie,
Quand tu as plus aimé ton ami que t'amie?
As-tu daigné coquu, embrasser Briseis,

Apres qu' Agamen. non tes plaisirs a trahis,
Honnissant tes amours? & quoy qu'il iuraist d'elle,
Tu ne deuois penser qu'il la rendist pucelle,
Elle ieune & luy ieune, apres auoir esté
Couchez en mesme lict la longueur d'vn Esté.
Ha! tes gestes sont beaux : mais ton amour legere
Deshonore tes faits, & le Roumant d'Homere.

Quant-à-moy, ny talens, ny femme, ny cité
Ne sçauroient appaiser mon courroux despité,
Que ie ne porte au cœur vne haineuse flame
Contre ce faux parent qui m'a raui mon ame.

ELEGIE XV.

I'Ay ce matin amassé de ma main
Ce beau bouquet digne de vostre sein,
Si vn bouquet tant soit digne, ne de
Toucher le sein d'vne telle Charite,
Dont la ieunesse enfante mille fleurs
Mille beautez subiect de mes douleurs.

Ce gay bouquet qu'ici ie vous presente,
Est fait de fleurs que la terre pregnante
Fait de son sein les premieres sortir
Quand le Printemps la daigne reuestir,
Fleur qui le nom porte, tant elle est belle,
D'vn Dieu, d'vn Mois, de la Mer, & de celle
Qui la seconde en amour me gaigna,
Et d'vn grand feu le cœur m'accompaigna.

Or tout ainsi que ceste fleur ne porte
Couleur qui soit d'vne semblable sorte :
Vostre beauté diuerse tout ainsi

D ij

Change de teint & de graces auſſi.
Elle eſt vermeille, & vous eſtes vermeille,
Sa blancheur eſt à la voſtre pareille:
Elle eſt d'aƶur, voſtre eſprit & vos yeux
Ont pour couleur le bel aƶur des Cieux.
Elle a le gris pour ſa parure miſe,
Et vous aimeƶ la belle couleur griſe:
Elle bigarre & colore ſon teint,
De cent beautez voſtre viſage eſt peint:
Elle ſent bon, & voſtre odeur eſt bonne:
Gaye eſt ſa face, & le Ciel qui vous donne
Dés la naiſſance vne naïueté,
Vous tient touſiours en plaiſante gay'té:
Son teint eſt ieune, en ieuneſſe vous eſtes:
Parfaite elle eſt, vous eſtes des parfaites:
Bref, telle fleur ne dure qu'vn Printemps,
Et vos beautez ne durent pas long temps.

　　Le bouquet eſt tout ſemé de penſées,
I'en porte au cœur vn millier amaſſées:
Maint ieune brin de Fenoil & de Thin
Vont honorant ce mien preſent, à fin
Qu'en les voyant vous euſſiez ſouuenance
Qu'Amour moqué ameine vne vengeance.
　　Ceux qui ont feint les fables, ont conté
Que le Fenoil & le Thym ont eſté
Filles iadit, qui furent transformées
Pour ne vouloir en ieuneſſe eſtre aimées:
Pource à bon droict Cupidon ſe vangea,
Qui leurs beaux corps en fleurettes changea,
Pour vous monſtrer par exemple notable
Qu'vn cœur cruel eſt touſiours deteſtable.
　　Tout le bouquet d'vn filet delié

Est bien serré, & i'ay le cœur lié
Au vostre ainsi qu'vne vigne se lie
Quand de ses bras aux ormeaux se marie:
Lien qui peut, tant il est dur & fort,
Rompre le cours du temple & de la Mort.

Plus il ne reste à vous dire, Maistresse,
Que tout ainsi que ceste fleur se laisse
Passer soudain, perdant grace & vigueur,
Et tombe à terre atteinte de langueur
Sans estre plus des Amans desirée,
Comme vne fleur toute desfigurée:
Vostre âge ainsi verdoyant s'en-ira,
Et comme fleur sans grace perira.

Donq' ce-pendant que vostre âge fleuronne,
Et que Venus de ses dons vous couronne,
Si m'en croyez ne laissez perdre vn iour
Sans folastrer ou manier l'amour,
Pour n'avoir point regret en la vieillesse
D'avoir perdue en vain vostre ieunesse.

ELEGIE XVI.

E suis certain que vostre bon esprit
Dira soudain qu'il verra cet escrit,
Que ie ressemble au marinier qui donne
Repos au Ciel quand la marine est bonne,
Et de ses vœux ne va point tourmenter
Neptune en l'eau, ny au Ciel Iupiter,
Lors que le vent em-poupe son nauire,
Faisant chemin où son cœur le desire.

Mais quand l'orage en la mer le surprend,

D iij

Et quand sa mort dessus sa vague pend,
Palle & tremblant fait cent mille prieres
Pour eschapper, aux Nymphes marinieres:
Si qu'en si dure & fascheuse saison
Toute sa bouche est pleine d'oraison.
Croize ses bras, & en telle fortune
Promet en vœux de grands dons à Neptune.

Puis se voyant eschappé du danger,
S'enfuit gaillard, sans coulpable songer
Comme il doit rendre aux Dieux sur le riuage
Ses vœux iurez au milieu de l'orage.

De telle erreur vous pourrez m'accuser;
Ie le confesse, & ne puis m'excuser:
Ie sens ma faute, & sçay bien qu'elle est grande,
Et pour cela pardon ie vous demande.

Quand ie suis aise à mon repos icy,
Sans passions, affaires & soucy,
Enflé d'honneur & braue d'esperance,
Ie ne vous fay ny court ny reuerence,
Ie ne vay point troubler vostre repos,
Rompre vostre aise ou trancher vos propos:
Car sans mentir ie serois conscience
D'abuser trop de vostre patience.

Et si ie faux, comme certes ie faux,
Du seul deuoir procedent mes defaux,
Et du respect trop grand que ie vous porte
En vous craignant & honorant de sorte
Que ie ne puis de vos yeux approcher,
Tant ie les aime & crain de les fascher.

Mais quand fortune icy m'est aduersaire,
Quand ie ne puis despescher mon affaire,
Quand quelque ennuy me desrobe l'espoir,

Quand on ne veut ma Muse recevoir,
Quand vn fascheux Chryfophile rechine
A ma priere, ou me tourne l'eschine,
Ou parle à moy par fraude & par courrous.
Pour mon support ie me retire à vous,
Ie vous caresse & courtize & supplie,
Et par escrit, Déesse, ie vous prie
Comme mon tout, & ne suis abusé:
Aussi de vous ie ne suis refusé,
Tant vous auez l'ame gentille & pure
Qui les vertus aime de sa nature,
Et qui ne souffre, en despit du malheur,
Qu'vn vertueux soit veincu de douleur.
C'est la raison pourquoy ie ne confesse
Que des vertus la belle troupe espesse
Soit retournée (ainsi qu'on dit) aux cieux,
Abandonnant ce monde vicieux.
  Car vous voyant, De Beaune, en terre suiure
Toutes vertus, on les peut dire viure
Toutes en vous, & en vous elles sont
Apparoissant toutes sur vostre front:
Si que celuy qui de prés y prend garde,
Vous regardant, en vous il les regarde.
En ceste Court la plus-part sont menteurs,
Trompeurs, causeurs, medisans, affronteurs,
Vous presque seule y estes veritable,
Phenix d'honneur qui n'a point de semblable.

D iiij

ELEGIE XVII.

Ous fifmes vn contract ensemble l'au-
tre iour
Que tu me donnerois mille baisers d'A-
mour,
Colombins, tourterins, à léures demi-closes,
A souspirs souspirans la mesme odeur des roses,
A langue serpentine, à tremblotans regars,
De pareille façon que Venus baise Mars,
Quand il se pasme d'aise au sein de sa Maistresse.
Tu as parfait le nombre helas! ie le confesse:
Mais Amour sans milieu, ami d'extremité,
Ne se contente point d'vn nombre limité.

Qui feroit sacrifice à Bacchus pour trois grapes,
A Pan pour trois aigneaux? Iupiter! quand tu frapes
De ton foudre la terre, (ayant poitry dans l'air
Vne poisseuse nuë enceinte d'vn esclair)
Ta majesté sans nombre eslance pesle-mesle
Pluye sur pluye esp isse & gresle dessus gresle
Sur champs, mers & forests, sans regarder combien
Vn Prince est indigent qui peut nombrer son bien,
L'abondance appartient à la maison royale,
D'abondance en baisers ma maistresse t'egale.

Or toy donques cent fois plus belle que n'estoit
Celle qu'aux bords de Cypre vne Conque portoit,
Pressurant les cheueux de sa teste immortelle
Encore tout moiteux de la mer maternelle,

Imite-moy ce Dieu, sans estre chiche ainsi
De tes almes baisers, dont mon cœur vit ici.
Si tu ne veux conter les langueurs & les peines
Ny les larmes qui font de mes yeux deux fontaines,
Pourquoy me contes-tu les biens que ie reçoy,
Quand ie ne conte point les maux que i'ay pour toy?
Car ce n'est la raison de donner par mesure
Tes baisers, quand des maux innombrables i'endure.
Donne-moy donc au lict ensemble bien vnis
Tes baisers infinis pour mes maux infinis.

ELEGIE XVIII.

Ans ame, sans esprit, sans pouls, &
sans haleine,
Ie n'auois ny tendon, ny artere, ny
veine,
Qui dissoute ne fust du combat amoureux:
Mes yeux estoient couuerts d'vn voile tenebreux,
Mes oreilles tintoient, & ma langue seiche
Estoit à mon palais de chaleur attachée.
A bras demi-tombez ton col i'entrelaçois:
Nul vent de mes poulmons pasmé ie ne poussois
I'auois deuant les yeux ce royaume funeste
Qui iamais ne iouit de la clairté celeste,
Et du vieillard Caron le bateau vermoulu
(Royaume que Pluton pour partage a voulu.)
Bref i'estois demi-mort, quand tes poulmons s'enfleuret,
Et d'vne tiede haleine en souspirant soufflerent
Vn baiser en ma bouche entrecoupé des coups
De ta langue lezarde, & de ton ris si doux:

D. v.

Baiser viuifiant, nourricier de mon ame,
Dont l'Alme, douce, humide, & restaurante flame
Esloigna de mes yeux mon trespas & ma nuict,
Et fit que le basteau du vieillard qui conduit
Les ames des amans à la riue amoureuse,
S'en alla sans passer la mienne langoureuse.

    Ainsi ie fus gary par l'esprit d'vn baiser :
Ie ne veux plus Maistresse, à tel prix appaiser
Ma chaleur Cyprienne, & mesmement à l'heure
Que le soleil ardent sous la Chienne demeure,
Et que son chaud rayon sur nos testes ietté
Brusle tout nostre sang, & s'enflame l'Esté.

    En ce temps faisons trefue, espargnons nostre vie:
De peur que mal-armez de la Philosophie
Nous ne sentions soudain, ou apres à loisir,
Que tousiours la douleur voisine le plaisir.

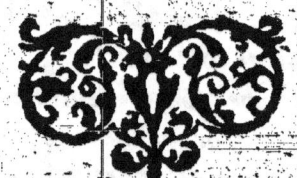

ELEGIE XIX.

S i i'estois à renaistre au ventre de ma
  mere
(Ayant, comme i'ay fait, pratiqué la
  misere
De ceste pauure vie, & les maux iournaliers
Qui sont des cœurs humains compagnons familiers)
Et que la Parque dure en filant me vint dire:
Lequel veux-tu Ronsard, des animaux eslire
Pour viure à ton plaisir ? certes i'aimerois mieux
Reuiure en vn oyseau & voler par les Cieux
Tout plein de liberté : auoir vn beau plumage
Bigarré de couleurs & chanter mon ramage
De taillis en taillis, de buissons en buissons,
Et aux Nymphes des bois apprendre mes chansons,
Et de mon bec cornu parmy les champs me paistre,
Que par deux fois vn homme en ce monde renaistre,
    I'aimeroy mieux vestir vn poisson escaillé,
Et fendre de Tethys le seiour esmaillé
De bleu meslé de pers, & du ply de l'eschine
Flotter de vague en vague au gré de la marine:
Puis au plus chaud du iour sortant du fond des eaux,
Paresseux me ranger aux monstrueux troupeaux
Du vieil berger Protee & dormir sur le sable,
Que me voir derechef vn homme miserable.
    I'aimeroy mieux renaistre en vn cerf bocager,
Portant vn arbre au front, ayant le corps leger

Et les ergots fourchus, & seul & solitaire
Faire aupres de ma biche és buissons mon repaire,
Saulter parmy les fleurs, errer à mon plaisir,
Et me laisser conduire à mon premier desir
Et la frescheur des bois & des fontaines suiure,
Que me voir derechef en vn homme reuiure.

Dè tous les animaux le plus lourd animal
C'est l'homme, le sujet d'infortune & de mal,
Qui endure en viuant la peine que Tantale
Là bas endure mort dedans l'onde infernale,
Et celle de Sisyphe & celle d'Ixion.
Vif son enfer il porte ou par ambition,
Ou par crainte de mort qui tousiours le tourmente
Et plus vn mal finit & plus l'autre s'augmente.

Toutesfois à l'ouyr discretement parler
Vous diriez que sa gloire au ciel s'en-doit voler,
Tant il fait en parlant de la beste entendue,
Ignorant que les Dieux luy ont trop cher vendue
Nostre pauure Raison qui malheureux le fait,
D'autant que par-sus tous il s'estime parfait.

Ceste pauure Raison le conduit à la guerre,
Et dedans du Sapin luy fait tourner la terre
A la mercy du vent, & si luy fait encor
Pour extréme malheur chercher les mines d'or:
Ou le fait Gouuerneur des royales prouinces,
Et qui pis est le meine au seruice des Princes:
Luy apprend les mestiers dont il n'auoit besoin,
Et comme d'vn poinçon l'aiguillonne de soin:
Et pour trop raisonner miserable il demeure
Sans se pouuoir garder qu'à la fin il ne meure.

Au contraire les cerfs qui n'ont point de raison,
Les poissons, les oiseaux, sont sans comparaison

Trop plus heureux que nous, qui sans soin & sans
    peine
Errent de tous costez où le plaisir les meine:
Ils boiuent de l'eau claire, & se paissent du fruict
Que la terre sans art d'elle mesme a produict.
    Que sert (dit Salomon) toutes choses entendre,
Rechercher la nature & la vouloir comprendre,
Mourir dessus vn bure & vouloir tout sçauoir,
Vouloir parler de tout & toutes choses voir,
Et vouloir nostre esprit par estude contraindre
A monter iusqu'au ciel où il ne peut attaindre?
Tout n'est que vanité & pure vanité:
Tel desir est bourreau de nostre humanité.
Car si nous cognoissions nostre pauure nature,
Et que nous sommes faits d'vne matiere impure,
Et mesme que le ciel se monstre amy plus dous
Et pere plus benin aux animaux qu'à nous
Qui pleurons en naissant, & qui par le supplice
D'estre au berceau liez (comme si ce fust vice
De sortir hors du ventre) à viure commençons,
Et tousiours en tourmens la vie nous passons.
Las! si nous cognoissions que nous n'auons point d'ailes
Pour voler au seiour des choses supernelles,
Nous ne serions iamais songneux ny curieux
D'apprendre les secrets eslongnez de nos yeux:
Ains contens de la terre & des traces humaines
Viurions sans affecter les choses si hautaines!
Mais que sçauroit voir l'hôme au Monde de nouueau?
C'est tousiours mesme Hyuer & mesme Renouueau,
Mesme Esté, mesme Autonne, & les mesmes années
Sont tousiours pas à pas par ordre retournées.
    Ce Soleil qui reluit luy-mesme reluisoit

Quand le bon Iosué son peuple conduisoit,
Et nostre Lune aussi, c'estoit la Lune mesme
Qui luisoit à Noé : & la voûte supréme
Du Ciel qui tout contient, c'est ceste mesme-à
Où sur le char flambant Helie s'en-vola.

Ce qui est a esté, & cela qui doit estre,
De ce qui est passé doit receuoir son estre:
Le fait sera desfait & puis sera refait,
Et puis estant refait se verra re-desfait:
Bref ce n'est qu'inconstance & que pure mensonge
De nostre pauure vie ainçois de nostre songe.
L'homme n'est que misere & doit mourir exprés
Afin que par sa mort vn autre viue aprés:
L'vn meurt, l'autre re-vit, & tousiours la naissance
Par la corruption engendre vne autre essence.

Mais tout ainsi, la Haye, honneur de nostre temps,
Qu'entre les animaux par les champs habitans
S'en trouuent quelques-vns qui en prudence valent
Plus que leurs compagnons & les hommes égalent
De sagesse & d'esprit souuentesfois aussi
Entre cent millions d'hommes qui sont icy,
S'en trouue quelques-vns qui dás leurs cœurs asseblent
Tát de rares vertus, qu'aux gráds Dieux ils resemblét,
Comme toy bien appris, bien sage & bien discret,
Qui m'as diminué bien souuent le regret
De viure trop icy: car quand vn soin me fasche,
Ie me descouure à toy & mon cœur ie te lasche.

Lors de mes passions desquelles ie me deuls
Tu gouuernes la bride & ie vais où tu veux,
Tout ainsi qu'il aduient quand vne tourbe esmuë
Qui deçà qui delà mutine se remuë
De courroux forcenée, & d'vn bras furieux

Caillous, flames & dards fait voler iusqu'aux Cieux,
Si de fortune alors vn graue personnage
Suruient en telle esmeute, elle abat son courage,
Et d'oreille dressee escoute & se tient coy,
Voyant ce sage front paroistre deuant soy
Qui doucement la tance, & d'vn gracieux dire
Flatte son cœur felon & temere son ire.

    Ainsi lors que mon sens de ma Raison veinqueur,
De mille passions me tourmente le cœur,
Tu luy serres le frein, corriges son audace,
Abaisses sa fureur & le tiens en sa place:
Puis me parlant de Dieu tu m'enleues l'esprit
A cognoistre par foy que c'est que Iesus-Christ,
Et comme par sa mort de la mort nous deliure,
Et par son sang nous fait eternellement viure.
En ce poinct de ta voix plus douce que le miel
Tu me rauis du corps & m'emportes au ciel,
Tu romps mes passions, & seul me fais cognoistre
Que rien plus sainct que l'homme au monde ne peut
    naistre.

ELEGIE XX.

 E veux mon cher Belleau, que tu n'i-
gnores point
D'où, ne qui est celuy, que les Muses ont
ioint
D'vn nœud si ferme à toy, à fin que
des années
A nos neueux futurs les courses retournées
Ne celent que Belleau & Ronsard n'estoient qu'vn,
Et que tous deux auoient vn mesme cœur commun.
Or quant à mon ancestre, il a tiré sa race
D'où le glacé Danube est voisin de la Thrace:
Plus bas que la Hongrie, en vne froide part,
Est vn seigneur nommé le Marquis de Ronsart,
Riche d'or & de gens, de villes & de terre.
Vn de ses fils puisnez ardant de voir la guerre,
Vn camp d'autres puisnez assembla hazardeux,
Et quittant son pays, faict Capitaine d'eux
Trauersa la Hongrie & la basse Allemaigne,
Trauersa la Bourgongne & la grasse Champaigne,
Et hardy vint seruir Philippes de Valois,
Qui pour lors auoit guerre encontre les Anglois.
Il s'employa si bien au seruice de France,
Que le Roy luy donna des biens à suffisance
Sur les riues du Loir : puis du tout oubliant
Freres,pere & païs,François se mariant
Engendra les ayeux dont est sorty le pere
Par qui premier ie vy ceste belle lumiere.

Mon pere de Henry gouuerna la maison,
Fils du grand Roy François, lors qu'il fut en prison
Seruant de seur hostage à son pere en Espagne.
Faut-il pas qu'vn seruant son Seigneur accompagne
Fidele à sa Fortune, & qu'en aduersité
Luy soit autant loyal qu'en la felicité?

Du costé maternel i'ay tiré mon lignage
De ceux de la Trimoüille & de ceux du Bouchage,
Et de ceux de Roüaux & de ceux de Chaudriers
Qui furent en leurs temps si vertueux guerriers,
Que leur noble vertu, que Mars rend eternelle,
Reprint sur les Anglois les murs de la Rochelle,
Où l'vn de mes ayeux fut si preux qu'aujourd'huy
Vne rue à son los porte le nom de luy.

Mais s'il te plaist auoir autant de cognoissance
(Comme de mes ayeux) du iour de ma naissance,
Mon Belleau sans mentir ie diray verité
Et de l'an & du iour de ma natiuité.

L'an que le Roy François fut pris deuant Pauie,
Le iour d'vn samedy Dieu me presta la vie
L'onziesme de Septembre, & presque ie me vy
Tout aussi tost que né de la Parque rauy.

Ie ne fus le premier des enfans de mon pere,
Cinq deuant ma naissance en enfanta ma mere:
Deux sont morts au berceau, aux trois viuans en rien
Semblable ie ne suis ny de mœurs ny de bien.

Si tost que i'eu neuf ans au college on me meine,
Ie mis tant seulement vn demy an de peine
D'apprendre les leçons du regent de Vailly,
Puis sans rien profiter du college sailly.
Ie vins en Auignon, où la puissante armee
Du Roy François estoit fierement animee

Contre Charles d'Austriche, & là ie fus donné
Page au Duc d'Orleans : apres ie fus mené
Suiuant le Roy d'Escosse en l'Escossoise terre,
Où trente mois ie fus & six en Angleterre.

A mon retour ce Duc pour page me reprint,
Long temps à l'Escurie en repos ne me tint
Qu'il ne me renuoyast en Flandres & Zelande,
Et depuis en Escosse, où la tempeste grande
Auecques Lassigni cuida faire toucher
Poussee aux bords Anglois, ma nef contre vn rocher.

Plus de trois iours entiers dura ceste tempeste,
D'eau, de gresle & d'esclairs nous menassant la teste ;
A la fin arriuez sans nul danger au port,
La nef en cent morceaux se rompt contre le bord,
Nous laissant sur la rade & point n'y eut de perte
Sinon elle qui fut des flots salez couuerte,
Et le bagage espars que le vent secoüoit,
Et qui seruoit flottant aux ondes de ioüet.
D'Escosse retourné ie fus mis hors de page,
Et à peine seize ans auoient borné mon âge,
Que l'an cinq cens quarante auec Baïf ie vins
En la haute Allemaigne, où dessous luy r'apprins
Combien peut la vertu : apres la maladie
Par ne sçay quel destin me vint boucher l'oüie,
Et dure m'accabla d'assommement si lourd,
Qu'encores aujourd'huy i'en reste demy-sourd.
L'an d'apres en Auril, Amour me fit surprendre,
Suiuant la Cour à Blois, des beaux yeux de Cassandre
Soit le nom faux ou vray, iamais le temps veinqueur
N'effacera ce nom du marbre de mon cœur.

Connoiteux de sçauoir disciple ie vins estre
De Daurat à Paris qui sept ans fut mon maistre

En Grec & en Latin : cheX luy premierément
Noſtre ferme amitié print ſon commencement,
Laquelle dans mon ame à tout iamais & celle
De noſtre amy Baïf ſera perpetuelle.

ELEGIE XXII.

Vand l'homme ingrat ſeroit tous les
iours ſacrifice
D'vne hecatombe aux Dieux, fraudé de
ſon ſeruice,
Ne ſeroit eſcouté : car leurs yeux de-
ſtournez
Ne ſe voudroient ſoüiller de ſes preſens donneX :
Tant l'homme ingrat deſpluſt aux Dieux qui tout
    preuoyent,
Et qui de leurs tonneaux bien & mal nous enuoyent,
Si t'eſtoy, Loménie, ingrat en ton endroit,
La Muſe deſormais retiue ne voudroit
Venir à mes chanſons, & pour-neant ſa traſſe
Ie ſuiuroy ſur le mont du cheuelu Parnaſſe :
Pour-neant ie boiroy des flots Aoniens,
En vain ie dormirois és antres Theſpiens,
En vain ie nommeroy ſon nom par les riuages :
Car elle me fuiroit dans les foreſts ſauuages,
Elle & toutes ſes Sœurs, comme ne voulant pas
Suiure d'vn homme ingrat ny la voix, ny les pas.
Pource Pindare feint que le dampé Tantale
Admonneſte à bon droict parmy l'ombre infernale
Chacun debteur de rendre à ſon tour le bienfait

Qu'vn autre auparauant amy luy aura fait,
Quand ie t'auroy donné les thresors de l'Asie,
Ie n'auroy peu respondre à ceste courtoisie
Dont tu m'as obligé de telle sorte à toy,
Que la mort ne perdra les graces que i'en doy:
Non certes à toy seul, mais ensemble à ton frere,
Que Calliope estime & qu'Apollon reuere.
Car tant que mes chansons auront quelque poûuoir,
Ie veux qu'à nos neueux elles facent sçauoir
D'âge en âge suiuant (pour esuiter l'offense
Où tombent les ingrats) qu'en seule recompense
De tant d'honnestetez dont tu m'as rendu tien,
Ie ne t'ay remboursé ny n'ay peu d'autre bien
Que du bien des neuf sœurs: bien qui pauure ne cede
Aux plus riches tresors que l'Orient possede.

ELEGIE XXIII.

IE suis bruſlé, le Gaſt, d'vne double cha-
leur,
L'vne haſle mon front, l'autre enflame
mon cœur:
Le haſle de mon front ſe refraichit ſans peine,
Ou laué dans les eaux d'vne froide fontaine,
Ou ſous le frais d'vn Antre, ou deſſous la froideur
D'vn cheſne dont les bras s'oppoſent à l'ardeur.
Mais ny fleuues ny bois, ny Antres ſolitaires
Ne peuuent refroidir l'ardeur de mes arteres,
Ny l'oſter de mon ſang, tant vn Amour nouueau
Fait ſon nid en mon cœur, & pond comme vn oiſeau,
Semblable au Roſſignol qui apres ſon aimée,
Va volant au Printemps de ramee en ramee,
De bocage en bocage, & de mainte chanſon
Va degoiſant ſa peine. En la meſme façon
Ceſt Amour emplumé ſans demeure certaine
Paſſe de nerfs en nerfs, paſſe de veine en veine,
En mon foye, en mon cœur, en mes os, en mon ſang:
Puis de ſon traict aigu m'vlcerant tout le flanc
Fait vn huis pour ſortir, & quand plus ie m'eſſaye
Qu'il ne me face au cœur pour ſortir vne playe,
Me vient ouurir la bouche, & ſi fort il l'eſtraint
Que maugré que i'en aye à chanter la contraint.
La langue il me deſlie, & luy-meſmes inuente
En ma bouche caché, tous les vers que ie chante.

Luy seul me les inspire, & i'escris seulement
Non pas ce que ie veux, mais son commandement.

L'homme ne peult tromper sa rude destinee,
Hé! n'est-ce pas grand cas qu'en moins d'vne iournee
Cet Amour par les yeux à gaigné ma Raison,
Et s'est fait non amy, mais Roy de ma maison?
Et sans auoir esgard aux neiges de ma teste
(Comme si ma desfaite estoit despouille preste)
Nourrit mon cœur en braise & au feu qui me perd,
Qui brusle d'autant mieux que le bois n'est plus verd.

Cet Amour, cet oiseau, car oiseau ie l'appelle,
Esuenté quelquefois ma chaleur de son aile,
Et me fait par espoir quelquefois respirer,
Me trahissant afin de mieux me martyrer:
Comme fait le Vautour dont la faim arrestee
Ne ronge coup sur coup le cœur de Promethee,
Ains allongeant sa peine il le laisse à seiour
Vne nuict reposer pour le manger le iour.

Ie ne sçaurois par art, estude ny coustume
Cognoistre bien ce Dieu qui est vestu de plume:
Estrange est son plumage, & ie crains à loger
(Pour n'estre point deceu) vn si ieune estranger.
Tous les autres oiseaux en quelque place naissent,
Ou d'herbes, ou de fruicts, ou de graines se paissent,
Et viuent entre nous, & sont parmy les bois
Ou cogneus par leur plume, ou cognus par leur vois.

Le mien m'est incognu, son nom & sa nature:
Ny d'herbe ny de fruicts il ne prend sa pasture,
Mais d'vn souspir cuisant & d'vn penser profond
Qui s'enfante au ceruneau & se tient sur le front:
Se repaist d'vn soucy que d'vn autre il allonge,
Et en lieu d'abreuuoir en nos larmes se plonge.

Les autres en volant amoureux & contents
Font vne fois leur nid au retour du Printemps,
Et le mien aussi tost qu'en mon cœur il prit place,
Fit ses œufs, puis couua, puis me fit vne race
De petits amoureaux, qui de iour & de nuit
Demandent la béchée & menent vn grand bruit.

En vn iour les petits deuiennent grands & volent,
Ils volent sur mon cœur, me mangent, & m'affolent:
Car ie n'ay ny le sang ny le foye bastant
Pour loger telle engence & pour en nourrir tant.

I'ay tendu des gluaux & des pans pour les prédre,
I'ay tendu des filets: ils ne veulent m'attendre,
Ils deçoiuent ma main, & en les poursuiuant,
En lieu de les happer ie ne pren que du vent.

Ils ne sont pas, le Gast, de nature grossiere,
De froide, lente, & sombre, & pesante matiere:
Ils sont prompts & subtils, chaulds, tendres & menus
Comme d'autre lignée & d'autre aire venus.

Ils ne sont Touranjaux, mais bien de la contrée
Où Laure iusqu'au cœur de son Petrarque entrée
Fit pour elle si haut chanter ce Florentin,
Que Cygne par ses vers surmonta le Destin:
Si qu'auiourd'huy le Rosne, & Sorgue, & Valecluze
Murmurant son renom, sont cognus par sa Muse.

Toy le Gast, dont l'honneur, les graces & l'attrait
Monstrét qu'vn bel Amour t'a blessé d'vn beau trait,
Et que tu as au cœur quelque belle pensée,
A qui Mars & la Muse en vn seul amassée
Ont prodigué leurs dons, & t'ont fait valeureux
Et ensemble sçauant & ensemble amoureux,
Portant dessus le front l'vne & l'autre couronne
Que Mars & que Venus à ses poursuiuans donne,

Dy moy par courtoisie (ainsi puisses tousiours
Quelque part que tu sois, iouïr de tes amours)
Par quel rét aussi beau que ses cheueux de soye
Peurrois-ie enuelopper vne si chere proye?
Ie voudrois me sauuer par vn mesme moyen,
Ou rompant le filet , ou serrant le lien:
C'est le poinct du secours, auquel ie veux entendre:
Car il me plaist , le Gast, d'estre pris & de prendre.

ELEGIE XXIIII.

Ous viuons, mon Belleau , vne vie sans
    vie :
      Nous mortels qui viuons, nous seruons à
      l'enuie,
Nous seruons aux faueurs, & iamais nous n'auons
Vn seul repos d'esprit tandis que nous viuons.
„ De tous les animaux qui marchent sur la terre
„ L'homme est le plus chetif : car il se fait la guerre
„ Luy-mesmes à soy-mesme , & n'a dans son cerueau
„ Autre plus grand desir que d'estre son bourreau.
Regarde ie te pri' le bœuf qui d'vn col morne
Traine pour nous nourrir le joug dessus la corne:
Bien qu'il soit sans raison gros & lourd animal,
Iamais de son bon gré n'est cause de son mal,
Ains d'vn cœur patient le labeur il endure,
Et la loy qu'en naissant luy ordonna Nature.
   Puis quand il est au soir du labeur deslié,
Il met prés de son iong le trauail oublié,

                 Et dort

Et dort sans aucun soin iusqu'à tant que l'aurore
Le resueille au matin pour trauailler encore.

Mais nous pauures chetifs soit de iour soit de nuit,
Tousiours quelque tristesse espineuse nous suit
Qui nous lime le cœur: si quelqu'vn esternuë,
Nous sommes courroucez: si qu'elqu'vn par la ruë
Passe plus grand que nous, nous tressuons d'ahan:
Si nous oyons crier de nuict quelque chouan,
„ Nous herissons d'esfroy: bref à la race humaine
„ Tousiours de quelque part luy suruiet quelque pei-
„ Car il ne luy suffit de ses propres malheurs   (ne:
„ Qu'elle a dés le berceau, mais elle en cerche ailleurs.
„ Faueur, procez, amour, la rancœur, la feintise,
„ L'ambition, l'honneur, l'ire, la conuoitise,
„ Et le sale appetit d'amonceler des biens,
„ Sont les maux estrangers que l'homme ad iouste
    aux siens.

ELEGIE XXV.

A GENEVRE.

E temps se passe, & se passant, Ma-
dame,
Il fait passer mon amoureuse flame,
Si que le feu d'Amour qui me brusloit,
Ne bruste plus mon cœur comme il souloit,
Et maintenant sa flame est aussi lente
Qu'auparauant elle estoit violente,

E.

Quand viue & claire en mon ame croiſſoit
Et ſur mon front luiſante apparoiſſoit:
Si qu'on diſoit me voyant en la ſorte
Qu'au cœur i'auois vne ſieure bien forte.

   Tous les teſmoings qui decelent Amour,
Logeoient chez moy: ie ſouſpirois le iour,
Le lict m'eſtoit vn dur camp de bataille,
Et toute nuict i'auois vne tenaille
Qui ſoye & cœur & poulmons me pinſoit:
Ore ma face honteuſe palliſſoit,
Puis rougiſſoit: ma voix mal-prononcée
De longs ſouſpirs eſtoit entre-caſſée,
De mes propos ie n'acheuoy le quart,
Comme vn reſueur qui ſonge en autre part:
I'auoy touſiours voſtre face celeſte
Deuant mes yeux, les graces & le geſte,
Le chant, les pas que vous auiez alors
Que ie vous vy danſer deſſus les bors
De voſtre Seine où i'auallay l'amorce
Qui me tira d'vne gentille force
De l'eſtomac le cœur, qui bien-heureux
Se confeſſoit de ſe voir amoureux.

   Deux iours apres que ie receu la playe,
Ie cours en poſte à ſainct Germain en Laye,
Seruir mon Roy, bien qu'Amour plus grand Roy
Pour le ſeruir m'appelaſt tout à ſoy.

   Ny pour picquer ny pour donner carrière
A mon cheual, ie ne laiſſay derriere
Le chaud deſir qui dans mon cœur viuoit,
Et compagnon en croupe me ſuiuoit:
Ny pour paſſer le large dos de Seine,
Qui ſe iouant quatre fois ſe r'ameine

D'vn vague ply, retors & reglissant,
Et quatre fois se remonstre au passant:
Ie n'estoufay pour les eaux de ce fleuue
Le feu boüillant d'vne chaleur si neuue,
Qui comme soulfre ou paille s'allumoit,
Et tout mon cœur en flames consumoit.
Le court chemin d'vn si petit voyage
Me fut plus long que le glacé riuage
Que le Soleil n'eschaufe de ses yeux,
Tant il m'estoit fascheux & ennuyeux:
Vn beau sentir me sembloit vne orniere,
Vne fontaine vne creuse riuiere,
Les bleds vn champ de la bise batu
Vn plein chemin, vn passage tortu:
Et me sembloit, tant insensé i'estoye,
Que ce n'estoient que deserts en ma voye:
Si qu'en marchant il me sembloit marcher
Sur vne espine ou desur vn rocher.

Or à la fin piqué d'amour extréme,
Ie picque tant mon cheual & moy-mesme,
Que tout pensif & le cœur hors du sein,
Troublé d'esprit, i'arriue à sainct Germain.

Là i'oubliay toute ma Poësie,
Là ie perdy raison & fantaisie:
Car ne poxuant ainsi que ie voulois
Chanter mes vers aux oreilles des Rois,
Comme affolé d'vne fiéure trop folle,
Ie perdy cœur, langue, esprit, & parole:
Si que mon Prince en riant cognut bien
A signes tels que ie n'estoy plus mien.

La nuiÄ› suruint (qui des liens du somme
Plus doux que miel serre les yeux de l'homme,

E ij

Par le present du repos adoucy)
Fermant du cœur la peine & le soucy,
Mais non le mien: car autant que la Lune
Laissa courir sa belle coche brune,
Qu'vn camp de feu ſuiuoit tout à l'entour,
Ie souspiray impatient d'amour,
Dedans mon lict, tournant de place en place:
Tous vos propos, vos geſtes, voſtre glace,
Qui toute nuict prisonnier me tenoient,
L'vn apres l'autre au cœur me reuenoient,
Et par-sur tous ce conte lamentable
Où vous pleuriez voſtre amy regrettable:
Si que rauy & confus me sembloit
Que voſtre main me fendoit, & m'embloit
Le cœur du sein, comme à l'heure premiere
Que ma raison demeura prisonniere.
　　Mais auſſi toſt que l'Aube aux doigts roſins
Eſcheuelée, eut tous les lieux voiſins
Remply de iour, & que la treſſe blonde
Du grand Soleil s'eſparpilla sur l'ondé
Ie m'en-allay comme rauy d'eſmoy,
Non courtizan au leuer de mon Roy,
Non bonneter vn Seigneur qui peut faire
Plaiſir à ceux qui luy veulent complaire:
Mais me tuant de mon propre couteau,
I'erre tout ſeul dans le parc du chaſteau,
Penſant, reſuant à ce gentil viſage,
Dont maugré moy i'auois au cœur l'image.
　　Si quelque amy venoit me careſſer
Entre-rompant mes pas & mon penſer,
Ie l'abhorrois maudiſſant la fortune
D'auoir trouué vne langue importune:

Mon corps d'ahan goutte à goute suoit,
En cent façons ma face se mouuoit,
Ne respondant, ne parlant, & ma bouche
A l'importun estoit, comme vne souche,
Monstrant assez que tout ce qu'il disoit,
Comme la mort ou plus me desplaisoit.

A la parfin Amour qui se promeine
Auecque moy, hors du bois me rameine,
Et me plantant dessus le haut du mont,
Droit vers Paris me fit tourner le front.

Lors m'allegeant d'vne ruse gentille
Ie humois l'air de ceste grande ville
Coup dessus coup, qui m'entroit dans le cœur,
Et m'emplissoit de force & de vigueur,
Comme pensant humer la douce haleine
De la beauté qui me tenoit en peine.

Puis ie disois, Hà! ville qu'à bon droit
Tu n'as egale au monde en nul endroit,
Non pour le nom si fameux que tu portes,
Non pour auoir plus que Thebes de portes,
Riche de biens, riche de citoyens,
Sang genereux de ces premiers Trojens,
Que Francion fit abreuuer en Seine
Quand il bastit au milieu de la plaine
Tes murs sejour de toute Royauté:
Mais pour celer en ton sein la beauté
D'vne sans pair comme toy, qui est telle
Que tout est laid en ce monde auprés d'elle,
Comme il me semble, & si ie l'ay mal sceu,
En lieu du vray le faux m'a bien deceu.

Que viens-ie faire en ceste Court pour estre
Seul dans ce parc comme vn homme champestre?

E iij

La Court peuplée, & qui aux autres sert
De passe-temps, m'est vn vuide desert.
Veux-ie emporter du Roy quelque largesse,
Quand à Paris est toute ma richesse?
Ny Court ny Roy ne valent s'absenter
Du moindre trait qui me fait lamenter,
Et des rayons d'vne si belle Dame
Qu'au cœur ie porte & que ie sens en l'ame,
Veux-ie languir en si triste sejour
Sans plus reuoir la clarté de mon iour?
Veux-ie pensif, desert & solitaire
Sans courtizer, sans prier, sans rien faire,
Fascheux, honteux, sans ayde & sans confort
Estre à la Court la proye de la mort?

    Pource partons & retournons vers celle
Où de l'amour la chance nous appelle.

    Ie n'auoy dit que ie monte à cheual,
Au grand galop ie descen contre-val
Au premier port, & puis ayant passée
Seine au long cours en elle entre-lassée
D'vn fort esperon ie brosse le chemin
Qui me sembloit paué de iasmin,
Et Amour fit ma course si agile,
Que i'arriuay comme vn songe à la ville,
Vn peu deuant que le Soleil couchant
Allast le iour dans les ondes cachant.

    Lors de fortune en passant par la rue,
Estant la nuict plus noire deuenuë,
Ie vous auise à l'eseuil de vostre huis
Comme vn qui pense & resue en ses ennuis.

    Lors vous voyant si triste contenance,
De teste en pied à trembler ie commence

Et tellement me laissa la raison,
Que tout muet ie r'entre en la maison,
N'osant troubler vostre face abaissée,
Ny vous plongée en si longue pensée.

Incontinent que le ciel estoilé
Du manteau noir de la nuict fut voilé,
Et que le Somne enfant de la riuiere
De Styx, versa sur ma lente paupiere
Ie ne sçay qu'elle agreable liqueur,
Il me sembla qu'Amour m'ouurit le cœur
Me separant en deux parts la poitrine,
Et me plantoit vne viue racine
Non de Laurier, le prix de la vertu,
Mais d'vn Géneure & poignant & pointu,
Tout herissé comme il a de coustume,
Et plein d'vn fruit tout remply d'amertume:
Et toutefois amer ne me sembloit,
Tant en mon cœur de douceur assembloit.

Des mains d'Amour la racine plantée
En vn moment deuint si augmentée
Et le sommet de fueilles si couuert,
Que tout mon cœur n'estoit qu'vn arbre vert,

Tous les pensers que i'auois pour la belle,
Venoient sous l'ombre en la fueille nouuelle
Deçà delà, comme ieunes oiseaux
Qui vont volant au frais des arbrisseaux
Quand la rousée arrouse leurs plumages,
Saluant l'Aube en cent mille langages.

De mes souspirs l'arbre prenoit chaleur,
Sa viue humeur s'engendroit de mon pleur,
Dont le Géneure abondoit d'auantage,
Me transformant moy-mesme en son ombrage.

Toute la nuict Amour me trauailla,
Me resueilla cent fois & resueilla
En me disant, sois ioyeux ie te prie,
Ie vien d'ouurir l'estomac de ta vie:
Comme i'ay mis vn beau Genéure au tien,
Vn beau Rosier i'ay planté dans le sien
Que d'elle-mesme en pensant elle arrose:
Pource aussi tost que l'aube au doigts de rose
Aura versé le beau iour de son sein,
Va-t'en vers elle, & luy baise la main.

  Ainsi l'Amour ce grand Dieu me conseille:
Mais aussi tost que l'Aurore vermeille
Allant deuant les cheuaux du Soleil,
Fit l'Orient de roses tout vermeil,
Ie sors du lict, ie m'habille & m'appreste,
I'allay vers vous & vous fy ma requeste
A voix tremblante, en tout obeyssant
A ce grand Dieu si doux & si puissant.

  Lors vous trouuant aussi douce & traitable
Qu'auparauant vous n'estiez accostable,
L'aspre fureur qui mes os penetra
S'esuanoüit & Amour y entra.
La difference est grande & merueilleuse
D'entre l'Amour & la rage amoureuse.
Adonc la vrāye & simple affection
Loin de fureur, de rage & passion
Nourrit mon cœur, passant de veine en veine,
Qui ne fut point ny friuole ny vaine:
Car vous ayant de mon amour pitié,
Me contraignez de pareille amitié.

  Comme au Printemps on voit vne belle ente
S'essencier en la nouuelle plante,

Et de deux corps par vn accord commun
Se ioindre ensemble & se coller en vn.

Ainsi tous deux n'estions que mesme chose,
* Vostre ame estoit dedans la mienne enclose,
La mienne estoit en la vostre & mon corps
Par sympathie & semblables accords
N'estoient plus qu'vn : si bien que vous Madame,
Et moy n'estions qu'vn seul corps & qu'vne ame,
Ayant communs & pensers & desirs.

Ah ! quand ie pense aux extrémes plaisirs
Que ie receu durant toute vne année,
I'ay du penser l'ame si estonnée
Qu'elle me fait tout tremblant deuenir,
Tant du penser m'est doux le souuenir.
Quand le Printemps poussoit l'herbe nouuelle,
Qui de couleurs se faisoit aussi belle
Qu'est la couleur d'vn gaillard Papegay
Bleu, pers, gris, iaune, incarnat & vert-gay,
Dés le matin auant que les Auettes
Eussent succé la douceur des fleurettes
Qui embasmoient les iardins d'enuiron,
Vous amassiez dedans vostre giron
Comme vne fleur entre les fleurs assise
La couleur iaune, incarnate & la grise,
Tantost la rousse à la blanche, & aussi
Le rouge œillet au iaunissant souci,
La pasquerette aux petites pensees:
L'vne sur l'autre en vn rond amassées,
Vn beau bouquet faisiez de vostre main,
Que vous cachiez vne heure en vostre sein
Puis me baisant au sortir de la porte
Me le donniez d'vne si douce sorte,

E v

Que tout le iour i'en sentoy reuenir
La fleur à l'œil, au cœur le souuenir.

A mon retour des champs ou de la ville,
D'vne main blanche à presser bien subtille
Vous m'accolliez & en cent & cent lieux
Vous me baisiex & la bouche & les yeux
De vostre langue à baiser bien apprise.

Tantost froncie les plis de ma chemise,
A chasque ply me baisant ou mordant
D'vn petit trait mon front de vostre dent:
Tantost frixie de vostre main vermeille
Mes blonds cheueux à l'entour de l'oreille,
Ou me pinsiex, chatouilliex & i'estois
Si hors de moy que rien ie ne sentois,
Mort de plaisir, tant le plaisir extréme
Auoit perdu ma raison & moy-mesme.

Mais ce plaisir que i'alloy receuant,
En peu de iours se perdit comme vent,
Et l'amitié chaudement allumée
S'assoupit toute & deuint en fumée,
Fust que le Ciel le commandast ainsi,
Fust vostre faute ou fust la mienne aussi,
Fust par malheur ou par cas d'auenture,
Fust que chacun ensuiuant sa nature
Par trop encliné aux nouuelles amours.
Ah! fier Destin, nous rompismes le cours
Sans y penser, de l'amitié premiere,
Quand plus l'ardeur couroit en sa carriere:
Si que laissant le vieil pour le nouueau
Par inconstance & fureur de cerueau,
Tous deux picque d'estranges frenaisies
En autre part mismes nos fantaisies,

Si que tous deux faschez de trop de loy
Fusmes contents de rompre nostre foy
Pour la donner à de moindres peut estre.
Ainsi Amour de toutes choses maistre,
Ainsi le Ciel & la saison des temps
Furent & sont & seront inconstans,
Puis de tel fait la faute est excusable.

Venus qui fut Déesse venerable
Naurée au cœur des flames & des dards
De son enfant, aima bien le Dieu Mars
Ce grand guerrier nourrisson de la Thrace,
Peste & terreur de nostre humaine race:
Puis en quittant les amours de ce Dieu
Elle choisit Adonis en son lieu :
Puis se faschant d'Adonis, fut esprise
D'vn pastoureau d'vn Phrygien Anchise
Qui habitoit le sommet Idean:
Puis en laissant ce pasteur Phrygian,
Aima Pâris de la mesme contrée,
Tant elle fut de son plaisir outrée.
Elle fit bien d'auoir de tous pitié:
„ Rien n'est si sot qu'vne vieille amitié.

E vj

ELEGIE XXVI.

Omme vn guerrier refroidi de prouësse,
Qui a perdu sa peine & sa ieunesse,
Voire son sang, le tesmoin de sa foy
Suiuant le camp d'vn seigneur ou d'vn Roy,
Apres qu'il void que son Prince & son Maistre
Ne veut ingrat son labeur recognoistre,
En barbe blanche & en cheueul grison
Seul se retire à part en sa maison,
Et là pensant en l'honneur qu'il merite,
Se passionne & s'enfle & se despite:
Croisant les bras & regardant les Cieux
Iure, proteste & atteste les Dieux
De ne vestir iamais en nulle place
Pour guerroyer, ny armet ny cuirace
Mais quand il oit le tabourin sonner,
Chaud de la guerre il y veut retourner,
Et sans respect de serment ny d'iniure
Prend son harnois & suit son auanture.

  Ie suis ainsi : car ayant fait seiour
Long-temps en vain sous la charge d'Amour,
Ayant porté longuement son enseigne,
Tenu sous luy l'amoureuse campaigne,
Receu sa soude, & long temps trauaillé,
Couru, cherché, assailli, bataillé.
Enflé de gloire & de perseuerance,
Ce fier tyran pour toute recompense
De mon seruice & de ma loyauté,
M'a outragé d'extreme cruauté:

Si que despit contre si meschant maistre,
Ie fis serment de ne vouloir plus estre
Son seruiteur comme i'auois esté
Et n'engager iamais ma liberté :
Mais mon serment s'en-vola dans la nuë :
» Serment d'Amant iamais ne continuë.

Car aussi tost que i'apperceu vos yeux,
Yeux ie me trompe, ainsi deux Astres des cieux,
Et vos cheueux mes liens, dont le moindre
Pourroit vn Scythe en seruage contraindre,
Et quand i'ouy vostre parler qui fait
Foy que l'esprit est diuin & parfait,
Lors i'oubliay mes sermens & mes peines.

Vn soulfre ardant s'esprit dedans mes veines
Par vos rayons, lequel se fit veinqueur
De ma raison, & m'alluma le cœur
Du haut desir de consacrer ma vie
A vous que i'ay pour Maistresse suiuie,
Maistresse non, mais Déesse qui tient
Si bien mon cœur que plus ne m'en souuient.

Ie sçay combien ceste heureuse naissance,
Qui vous honore, est haute de puissance :
Ie cognois trop (& de là vient mon mal)
Qu'à vostre sang le mien n'est pas esgal,
Et si voy bien que i'ay taille trop basse
Pour deuancer l'homme qui me surpasse,
Et le voyant, ie suis desesperé
De paruenir au bien tant desiré,
S'il ne vous plaist abaisser la victoire,
Et m'estimer digne de vostre gloire.
Car autrement sans à vous m'appeller,
En si haut lieu ie ne sçaurois aller.

E vij

Souffrez Maistresse, au moins que ie vous aime
Plus que mon cœur, que mes yeux, que moy mesme,
Et permettez que ie puisse honorer
Vostre beauté qu'on deuroit adorer,
Tant l'abondante & prodigue Nature
Pour vous orner sur toute creature
A despoüillé tous les Cieux, & a fait
En vous, Madame, vn chef d'œuure parfait.

    Encore l'homme éleue la paupiere
Vers le Soleil, & vit de la lumiere
Bien que le trait de ses feux radieux
En le voyant luy aueuglent les yeux.
Ainsi souffrez qu'à mon dam ie vous voye,
Et que l'autheur de mon malheur ie soye,
Puis qu'il me plaist de mourir regardant
Vostre bel œil si clair & si ardant.

    Au temps passé les Deesses plus grandes
Quittant des Dieux les immortelles bandes,
Ont bien choisi çà bas pour seruiteurs
Non pas des Rois, mais des simples pasteurs,
Et Iupiter plein d'amoureuses flames,
Laissant Iunon a bien aimé nos femmes:
Car volontiers Amour & Majesté
En mesme lieu compagnons n'ont esté.

    Si vous estiez en l'Amour bien apprise,
Vous ne seriez d'vn grand Seigneur esprise:
Tousiours l'Amour d'vn Prince nous deçoit,
Dont tout le peuple à la fin s'apperçoit
Comme d'vn feu qui brusle vne campagne:
Car la raison sa fureur n'accompagne.

    Mais quand Amour vient allumer le cœur
D'vn gentilhomme en seruant il est seur,

Obeissant & craignant de desplaire,
Et ne commet son plaisir au vulgaire:
Ains au rebours afin qu'il ne soit veu,
Cache sa playe & recele son feu,
Le nourrissant d'vne douce pensee
Sans que sa Dame en soit point offensee,
Comme ie fais : par la discretion
Ie veux aimer, non par ambition
De m'eleuer pour plus haut entreprendre,
Mais sagement : aussi tant plus la cendre,
Cache l'ardeur qui nous brusle au dedans,
Plus du brazier les charbons sont ardans.

En ce-pendant vostre orgueil qui me lime,
Ne doit trouuer mauuais si ie l'estime,
Si ie vous prise, & si vous adorant
Ie voy pour vous si doucement mourant:
Car Dieu cent fois plus grand que vous encore
N'est pas marry que le peuple l'adore.

ELEGIE XXVII.

Our vous aimer, Maistresse, ie me tuë,
I'ay iour & nuict la fieure continuë,
Qui me consomme & haste mon trespas,
Mourât pour vo°, & ne vo° en chaut pas.
Vous n'auez soin ny esgard qu'à vous mesme,
Pour trop aimer vous n'estes iamais blesme,
Fieure ne mal pour aimer ne vous poingt,
Et pour aimer vous ne souspirez point.

Franche d'esprit en vain estes priée,
Loin des filets de l'amour desliée,
Libre fuyez comme il vous plaist, ainsi
Mocquant vostre âge, Amour & mon souci.

Depuis trois ans vous paissez de mes larmes,
M'ensorcelant de ie ne sçay quels charmes,
Dont l'amiable & courtoise douceur
Hume mon sang & altere mon cœur,
Qui d'autant plus me trahit qu'elle est douce:
Mais la plus fiere & amere secousse
Que pour ma mort vous mettez en auant,
C'est ne vouloir de seruiteur seruant.

Quoy? pensez-vous que l'amour soit la bouche?
Autant vaudroit embrasser vne souche
Sans mouuement, que vos léures baiser,
Sur vos tetins printaniers reposer,
Presser vos yeux, les succer sans reuanche,
Toucher le sein, taster la cuisse blanche,
Ce n'est que vent, & tel plaisir ne vaut

Quand de l'amour le meilleur poinct defaut.

  Mais se rejoindre en vn & se remettre,
Et à l'ami toute chose permettre,
Se r'assembler ainsi qu'au premier temps,
C'est ce qui rend les amoureux contens.
Il faut s'aimer d'vne amour mutuelle,
Non par la bouche, & non par la mammelle,
Non par les yeux : ce ne sont instrumens
Propres assez pour nos rassemblemens :
Mais pour se joindre, il faut à l'auenture
Remettre en vn les outils de Nature.

  Et quoy ? cruelle, & quoy ? voudriez-vous bien,
Vous qui du Ciel receustes tant de bien,
A qui la grace & l'heureuse puissance
Des feux du ciel ont orné la naissance,
Voudriez-vous bien d'vn cœur malicieux
Trahir Nature & mespriser les Cieux,
Et resister à leur loy venerable ?

  Les fiers Geans (engeance misere)
Contre le Ciel éleuerent ainsi
Le vain orgueil de leur braue sourcy :
Eux à la fin accablez de la foudre,
Noirs & puans broncherent sur la poudre,
Pour chastiment d'auoir si fols esté
Que des grans Dieux forcer la majesté.

  Voudriez-vous donque en beauté tres-parfaite,
Grasse, en bon-poinct, de ieunesse refaite,
Courtoise, honneste & d'vn abord si dous
Trahir les dons que vous portez en vous ?

  Ie croy que non : mais l'honneur vous abuse
Honneur friuole & de trop vaine excuse,
Qui n'est que fraude, & qui se fait par art

Honneur ici & vice en autre part:
Voila comment tel honneur se demeine
Comme il nous plaist par fantasie humaine.

 Et bien Madame, encore que la foy
De ce pays donnast vne autre loy,
Seuere loy qui nos cœurs emprisonne!
Auez-vous pas la nature assez bonne,
Assez de cœur & assez de moyen,
Assez d'esprit pour rompre ce lien?
Certes ouy : toute femme amoureuse
Est de nature assez ingenieuse.
Ne mettez donc le temps à nonchaloir,
Tant seulement ne faut que le vouloir:
,, La volonté inuente toute chose:
,, Et tout cela que vostre esprit propose
,, Est acheué ou par temps ou soudain:
,, Car du vouloir chambriere est la main.

 Femmes de C & les femmes des villes
Sont à tromper utes & habiles:
Car fueilletant nos liures ell' ont eu
Ce qui attise ou amortit le feu:
Sçauent que c'est martel & ialousie,
Feindre & tromper, changer de fantasie,
Dissimuler & forger maint escrit,
Où la rustique & pauurette d'esprit
Suit la Nature, & rude d'artifice
Prend son plaisir sans fraude ne malice.

 Vous qui auez l'esprit gaillard & bon,
Née & nourrie en ville de renom,
Qui n'ignorez les presens de Minerue,
Ne voulez point de seruiteur qui serue
Aux doux plaisirs des amoureux combas.

Vous le voulez & ne le voulez pas,
Vous le voulez & si ne l'osez dire:
Ne le disant vn amoureux martyre
Brusle vostre Ame en feu continuel,
Qui trop resiste au plaisir mutuel.

Si toute Dame en ce poinct vouloit faire,
Le monde fust vn desert solitaire:
Villes, & bourgs, bourgades, & citez,
Maisons, chasteaux seroient deshabitez.

Par ce plaisir bien souuent on engendre
Vn grand Achille, vn Monarque Alexandre:
Princes & Rois se font par tels moyens,
Et tous humains du monde citoyens.

Pource iadis la ville Hellespontique
Fit vn grand Temple au vieil Priape antique
Comme au grand Dieu de generation
Pere germeux de toute nation.

Doncques ma chere & plus que chere vie,
Si vous auez dedans le cœur enuie
Que ie vous serue, il faut sans long sejour
Estroitement pratiquer nostre amour
En ce-pendant que les vertes années
Pour cet effect du Ciel nous sont données,
Sans pour-neant nostre âge consommer.

Vn temps viendra qui nous gardra d'aimer
Par maladie, ou par mort, ou vieillesse:
Lors regrettant en vain nostre ieunesse,
Et regardant nos membres tous perclus
Nous le voudrons, & ne le pourrons plus.

ELEGIE XXVIII.

N long voyage ou vn courroux, ma
  Dame,
Ou le temps seul pourront m'oster de
  l'ame
La sotte ardeur qui vient de vostre
feu,
Puis qu'autrement mes amis ne l'ont peu,
M'admonestant d'vn conseil salutaire,
Que ie cognois & que ie ne puis faire
Car tant ie suis par mes sens empesché,
Qu'en m'excusant i'approuue mon peché.
Et si quelqu'vn de mes parens m'accuse,
Incontinent d'vne subtile ruse
Par long propos ie desguise le tort
Pour pardonner à l'autheur de ma mort,
Voulant menteur aux autres faire croire
Que mon diffame est cause de ma gloire
Bien que l'esprit resiste à mon vouloir,
Tout bon conseil ie mets à nonchaloir,
Par le penser m'encharnant vn vlcere
Au fond du cœur : que plus ie delibere
Garir ou rendre autrement adouci,
Plus son aigreur se paist de mon souci.
  Quand de despit à-par moy ie souspire,
Cent fois le iour ma Raison me vient dire,
Que d'vn discours sagement balancé
Ie remedie au coup qui m'a blessé.

Heureux celuy qui ses peine oublie!
Va-t'en trois ans courir par l'Italie:
Ainsi pourras de ton col deslier
Ce lacZ coulant qui te tient prisonnier.
Autres citeZ, autres villes & fleuues:
Autres desseins, autres volontez neuues,
Autre contrée, autre air & autres cieux
D'vn seul regard t'esblouyront les yeux,
Et te feront sortir de la pensee
Plustost que vent celle qui t'a blessee.
Car comme vn clou par l'autre est repoussé,
L'amour par l'autre est soudain effacé.

Tu es semblable à ceux que dans vn antre
Ont leur demeure où point le soleil n'entre,
Eux regardans en si obscur seiour
Nostre lumiere vne heure en tout le iour,
Pensent qu'vne heure est le soleil, & croyent
Que tout le iour est ceste heure qu'ils voyent.

Incontinent que leur cœur genereux
Les fait sortir hors du seiour ombreux,
En contemplant du soleil la lumiere,
Ils ont horreur de leur grotte premiere.

Le bon Orphee en l'antique saison
Alla sur mer bien loin de sa maison
Pour effacer le regret de sa femme,
Et son chemin aneantit sa flame.

Quand le soleil s'abaissoit & leuoit,
Tousiours pleurant & criant le trouuoit
Dessous vn roc, où son ame blessee
Se nourrissoit d'vne triste pensee,
Et ressembloit non vn corps animé,
Ains vn rocher en homme transformé.

Mais auſſi toſt qu'il laiſſa ſa contree,
Autre amour neuue en ſon cœur eſt entree,
Et ſe garit en changeant de païs.
Pour Eurydice il aima Calaïs,
Empoiſonnant tout ſon cœur de la peſte
De cet enfant : ie me tairay du reſte.
De membre à membre il en fut detranché,
Sans chatiment ne s'enſuit le peché.

ELEGIE XXIX.

DIRES, OV IMPRECATIONS.

Onques voici le iour qu'en triomphe eſt
    menée   (née
Madame ſous la loy du nopcier Hyme-
Donques elle eſt menée aux rayons du
flambeau
Qui mieux euſt deu mener ſon eſpoux au tombeau!
Donq' ſes cheueux frappez par petites remiſes,
Des vents, ſur qui i'ay dit cent & cent mignardiſes
Sont couronnez de fleurs! cheueux que d'amour fol
I'ay baiſez & liez mille fois à mon col.
   Faut-il qu'vn eſtranger me rauiſſe ma Dame?
Faut-il qu'vn autre corps iouyſſe de mon ame,
Et d'amoureux efforts du mariage armez
Face breche aux rampars que l'honneur a fermez?
   Que maintenant le cours de Nature ſe change,
Que tout ſoit transformé, que rien ne ſoit eſtrange,
Le chardon ſoit la roſe, & la vermeille fleur
De l'œillet Aiacin prenne blanche couleur,

Puis que tu m'as trompé, donnant la mesme dextre
Que tu m'auoy promise à l'estranger ton maistre.
  M'auois-tu pas promis qu'alors que les saisons
Feroient nos fronts ridez, & nos cheueux grisons,
Qu'esloignez du vulgaire irions par les vallées,
Par les monts, par les bois, par les eaux reculees
Herbes, plantes, & fleurs, & racines cueillir
Puis les faisant ou cuire, ou seicher, ou bouillir
Au feu les distiler en eaux alembiquees,
Pour frauder le cizeau des trois Parques moquees
Et de remedes promts arracher hors des mains
Le tribut de Pluton, heritier des humains?
  Telle fut Oenoné, & nostre Melusine,
Et la vieille Manton, fatidique heroïne:
Tels furent Zaroastre, Hippocrate, & Chiron,
Qui sauuant par tel art les peuples d'enuiron,
Firent d'estranges faits, & donnerent aux herbes
Les noms dont elles sont auiourd'huy si superbes:
Tant vaut en mesprisant les honneurs & les biens
Profiter à soymesme, au public, & aux siens.
  Au matin quand l'Aurore eut tiré la lumiere
Hors du sein de Thetys, toy marchant la premiere,
Ou moy marchant deuant, eussions de cent couleurs
Cueilli de main songneuse vne moisson de fleurs.
  A midi quand Phebus plus hautement gouuerne
Les brides de son char, ou dans vne cauerne,
Où dessous vn vieil chesne, ou le long d'vn ruisseau
Eussions en rassissant en vn nostre monceau,
Trié toutes les fleurs, puis les ayant contées
Les eussions vers le soir ensemble remportées,
Les vnes au giron, les autres en la main,
Non pas en vn Palais aux grans piliers d'airain,

Aux soliueaux dorez, mais en nostre hermitage
Tapißé de lierre & de vigne sauuage,
Seiour plus gratieux que ces braues chasteaux
Qui ont senti la scie, & le bec des marteaux.

Ainsi seruant à tous par si belle pratique,
Eußions gaigné les cœurs de la troupe rustique,
Et apres que cent ans eußent nos yeux fermez,
De roses nos tombeaux eußent esté semez.

Mais tu ne l'as voulu, desmentant ta promeße,
Aimant mieux vn mary qu'estre faite Deeße.
Thetis fit comme toy lors qu'elle s'allia
Espouse d'vn mortel, tant elle s'oublia.

Quiconque fut la vieille ententiue au meßage,
Et premiere braßa ton maudit mariage,
Que les mastins paillards la compißent tousiours,
Hurlant apres son ombre entres les carrefours:
Que la soif en tous temps la gorge luy desseiche:
Tant plus elle boira, tant plus sente vne meiche
De chaleur en la bouche, & crache à tous les coups
Les dents deßus son sein esbranlé de la toux:
Puis sa gencine estant de rempars desarmee,
Soit d'vne lente faim à la fin consommee.

Toy Corneille & Piuert, oiseaux mal-encontreux
A ceux qu'Hymen accouple au colier malheureux,
Déniez à main senestre, entrauersant la voye,
Garder que ce voleur ne prist ma chere proye.

Hà tu deuois, ô Terre, à fin de l'empescher,
Faire deuant son coche éleuer vn roch
Pour rompre ses cheuaux, & verse p les bouës
Cheuaux, cocher, limons, attellages, & rouës!
Tel que les poursuiuans d'Hippodamie, alors
Que Myrtile froißa leurs coches & leurs corps,

                                        Empestrez

Empeſtrez au cordage, & à teſte briſée
Rencontrerent la mort en lieu d'vne eſpouſée.

Tel qu'Hippolite fut, quand les monſtres marins
Effroyerent de peur ſes courſiers aux longs crins,
Et en luy deſchirant les muſcles & les veines
Le renuerſerent mort ſur les blondes areines.

O terre, ſi le ſang eut eſté reſpandu
De ce meſchant voleur i'euſſe cent fois pendu
Vœux, offrandes, & dons, au plus haut des entrées
De tõ temple qui s'ouuré à cent portes ſacrées.

I'euſſe mis vn tableau de durable venom,
Où ſes cheuaux verſez & ſa cheute, & ſon nom
Euſſent eſté portraits, à fin que dans tõ temple
Eſtrangers & voiſins euſſent ven par exemple
Qu'on ne doit deſrober les amours hors du ſein
De ceux qui ont la Muſe & la plume en la main.

Que i'aime la ſaiſon où le mari de Rhée
Gouuernoit ſous ſa faux la terre bien heurée!
Lors Hymen n'eſtoit Dieu, & encores le ſoy
Ne cognoiſſoit l'anneau, le Preſtre, ny la Loy.
Le plaiſir eſtoit libre, & l'ardeur neceſſaire.
De Venus la germeuſe eſtoit par tout vulgaire.
Sous vn arbre, en vn antre, en vn chemin fourché,
Et la honte pour lors n'eſtoit encor peché.
Encores s'ignoroit l'amour acquiſe à force,
Dots, anneaux, & contracts, la plainte & le diuorce,
Et le nom de mari, qui ſemble ſi cruel,
Et pour vn petit mot vn mal perpetuel.

Se tu n'euſſes iamais ta liberté venduë
Ie t'euſſe plus celebre & plus noble renduë
Que les trois ſeux des trois à Rome ſi cognuts,
Precepteurs delicats des enfans de Venus,

F

Qui ont chanté Lesbie & Cynthie & Corinne,
Et les chantent encor dessous l'ombre Myrtinne.

Telle ie t'eusse faite, & me l'auoit promis
Cypris, qui pour parade en ses cheueux a mis
Le Myrte entortillé, & qui donna pour proye
Heleine Amycleenne au beau berger de Troye.

Quád la Mort, dont l'horreur espouuáté vn chacũ,
Nous eut conduit là bas au passage commum,
Ces trois en relisant mes vers dessus ta face,
Pour l'honeur de mon nom t'eussent quitté leur place.

Encor qu'ils soient premiers : de Nature le sein
Est tousiours setineux pour tout le genre humain:
Chacun le peut succer, & sa vertu feconde
Ne se vieillit iamais non plus que fait le monde.

Ie resue, & mon esprit s'en-est volé de moy:
Ie n'aduise en voyant la chose que ie voy:
Ie faux, cest estranger ne la point espousee:
Venus en ma faueur soudain a composee
Vne image en lieu d'elle, à fin que sans deduit
Vne idole en ses bras se couchast toute nuict,
Vn squelete seiché, vne carcasse etique,
Vn fantosme de corps fiéureux & pulmonique.

Venus l'a transferee aux vergers Cypriens,
Et entre les odeurs des prez Idaliens,
Où se paissant de fleurs entretient la Déesse,
La conduit en son temple & la sert de Prestresse,
L'encense & la supplie, & le reste du iour
Comme vn petit enfant se iouë auecque Amour.
Ha ie ne suis trompé, ha ce n'est pas feintise:
I'oy le peuple amassé qui bruit deuant l'Eglise:
I'oy les hault-bois sonner, & la pompe deuant:
Ie voy ses beaux cheueux esparpillez au vent.

C'est elle, ie la voy, ie cognoy son visage,
Qui m'a tenu quatre ans en l'amoureux seruage:
Ie recognoy ses yeux, ie voy comme dedans
Amour forge ses traits & ses flambeaux ardans,

Phebus, s'il est ainsi que tu sois nostre pere,
Refuse à ceste nopce auiourd'huy ta lumiere:
Tenebres soient par tout, ou si le iour est clair,
Que ce soit par le feu d'vn flamboyant esclair
Esclatté des tonnerre, & sur la cheminée
Les Corbeaux & Hiboux chantent son Hymenée.

Que pour signe certain de ses futurs ennuis
Elle hurte son pied contre le sueil de l'huis
Sortant de la maison, & dansant à sa feste,
Du doigt tombe sa bague, & les fleurs de sa teste:
Sa ceinture se rompe, & tousiours desdaigneux
Son mary la harcelle, & luy soit rechigneux:

Paresseux au mestier qu'enseigne la Cyprine,
De sa femme iamais n'eschaufe la poitrine:
Ains morne par le froid qui le germe defend,
Iamais sur ses genoux ne branle son enfant,
A fin qu'elle cognoisse abhorrant sa malice,
Qu'vn bon cœur ne rend point l'amour pour l'Auarice,

Le Poëte.

Quand Vesper, que Venus aime sur tous les feux
Qui reluisent au soir, apparut sur la nuë,
Et que les yeux brunets des astres furent veus
Regarder à l'enui la Lune reuenuë,
Deux vieilles, dont la tresse estoit toute chenuë,
Ayans le chef grison de chardons couronné,
De pauots & de ronce & d'ortie menuë
Ont le lict nuptial trois fois enuironné:
Puis d'vn charme à sous-vois l'ayant empoisonné,

F ij

Et fasciné la chambre en tournant leurs caroles,
D'vn parler enroüé, d'vn poil herissonné,
Respondant l'vne à l'autre, ont dit telles parolles.

LES VIEILLES.
1. Vieille.

O Hymen dont iamais le flambeau ne faillit,
O Hymen qui le Ciel à la terre maries,
Graces, Muses, Amours, ne chantez à ce lit,
Mais y chante la Parque & toutes les Furies.

La seconde Vieille.

La Noise & le Discord y dansent à l'entour,
Et mesme ceste nuict des nopces la plus belle
Qu'ils deuroient s'embrasser, baiser, faire l'amour,
Ce ne soit que refus, morsures, & querelles.

I.

Son mari la deçoiue, & volage & chagrin
Cherche autre amour nouuelle, ainsi que fit Thesée,
Quand pariurant sa foy dessus le bord marin
A la proye des loups laissa son espousée.

II.

Deçoiue son mari, ainsi que consentit
Eriphyle à la mort du prophete Amphierre,
Quand vn goufre béant à Thebes l'engloutit,
Et vif & tout armé trebucha sous la terre.

III.

Le Myrte tousiours double à Venus dedié,
De ses rameaux Cyprins iamais ce lict n'embrasse,
Mais comme vn sep de vigne à l'orme non lié,
Sans enfans, sans amour, tombe contre la place.

II.

De pu.int Tamarin ,ennemi de Venus,
Soit la chambre en-ionchée,& non de Marjolaine:
L'herbe qui prend le nom des Satyres cornus,
Ne naiſſe point ici ny la plante d'Helaine.

I.

Les filles dont les ans croiſſent en leurs printemps,
N'y chantent point Hymen,mais bien ces ſur-années
Qui ont deſia paſſé la vigueur de leur temps,
Et ſans fleur & ſans fruit s'en-vont toutes fapées.

II.

Ne verſez ſur ce lict des bouquets bien tiſſus
De la fleur d'Adonis,ny la Roquette vtile
A reſchaufer l'amour, mais reſpandez deſſus
La poudre où s'eſt veautrée vne mule ſterile.

I.

Tous baiſers en ſoient loin , qui moiteux vont bai-
    gnant
Les léures des amans à langues mi-ſorties:
Que la nuict leur ſoit longue,& le lict plus poignant
Que s'ils eſtoient couchez au milieu des orties.

II.

Adieu corps aſſemblez de differente humeur,
A dieu,de trop chanter i'ay la voix enroüée,
Auſſi bien en ce coing i'aduiſe le charmeur
Qui tient entre ſes mains l'eſguillette noüée.

Le Poëte.

Comme elles s'en alloiët,i'en pris vne aux cheueux
Et liant tout ſon corps de cordes & de nœus
Ie l'arreſtay captiue ainſi que fut Protée:
Puis ie luy demanday,O vieille radotée,
Dy moy par quel moyen ie rompray le ſouci

Qui me tient en langueur pour ceste Dame ici.
Dy moy quelle magie, ou charme ou charactere
Pourroit desraciner mon amoureux vlcere,
Afin que libre & franc ie viue sans esmoy,
Pour chanter desormais aux Muses & à moy.
Si tu me fais ce bien, vn tourteau ie t'appreste
Fait d'aulx & de pauot pour endormir ta teste.
　　Ceste vieille en toussant & son chef secoüant,
Et trois fois dessus moy ses prunelles roüant,
Me respondit ainsi:

La Vieille.

　　　　　　　Tu es vn fat de croire
Qu'vn charme qui n'est riē, sur l'Amour ait victoire.
L'Amour est naturelle, & la faut secourir
Par la mesme Nature afin de la guerir.
Si les charmes forçoient la fleche desbandée
De l'art que porte Amour, la sorciere Medée
Eust arresté Iason, & Circe eust arresté
Vlysse dans son lict si doucement traité.
　　Mais charmes & magie, images & paroles,
Et figures & poincts en Amour sont friuoles:
On ne se peut guerir par telle fiction:
Ce n'est que Poësie & folle inuention,
Il faut venir au fait. Maintenant que l'année
Est en son mois de May iennement retournée,
Voyage, si tu peux, & changeant de païs
Laisse moy tes parens au logis esbahis.
Fay toy tirer du sang, & chasse de tes veines
Par vn rouge canal tes soucis & tes peines:
Attache ton esprit à contr'imaginer
Quelque entreprise haute, à fin de destourner
L'impression d'amour par vne autre nouuelle.

Souuienne-toy des iours où tu me la vis belle,
Rememore en l'esprit ce qu'elle auoit de laid:
Hante tes compagnons, ne va iamais seulet:
Et si quelque lacquais de ses lettres t'apporte,
Fuy-le comme la peste & luy ferme la porte.
Si tu as de ses dons, ou bagues, ou tableaux,
Chifres, lettres, cheueux, romp-les en cent morceaux
De peur qu'en les voyant, la flame consumée
Par vn petit object ne retourne allumée,
Estant plus que iamais son esclaue & vassal.
» La recheute souuent est pire que le mal.

Or si tu veux trouuer vne santé parfaite,
Il ne faut consulter Apollon le Prophete,
Ses trepieds ny son temple: en deux mots brieuement
Ie te rendray gaillard & te diray comment.

Va où le cours de Seine en deux bras se diuise,
Baignant ce grand Paris: cherche Ieanne la grise,
De Venus courratiere, & entre le troupeau
Des filles qu'elle garde au logis le plus beau,
Esli d'vn œil accort celle qui plus ressemble
A ta Dame, & soudain en te saoulant assemble
Ton flanc contre le sien, & de gaillards efforts
L'humeur pris en ses yeux reiette dans son corps.
Long temps ceste diette en chambre continue.
Si ta fiéure amoureuse apres ne diminue,
Pense que ta naissance eut vn mauuais destin.
Va faire ta neuuaine ou à saint Auertin,
Ou à sainct Mathurin, & croy que ta furie
De long temps ou iamais ne se verra guerie.

ELEGIE XXX.

Viconque aura premier la main em-
　　besongnee
A te coupper Forest, d'vne dure con-
　　gnee,
Qu'il puisse s'enferrer de son propre
　　baston,
Et sente en l'estomac la faim d'Erisichthon,
Qui coupa de Cerés le Chesne venerable,
Et que gourmand de tout, de tout insatiable,
Les bœufs & les moutons de sa mere esgorgea,
Puis pressé de la faim soy-mesme se mangea:
Ainsi puisse engloutir ses rentes & sa terre,
Et se deuore apres par les dents de la guerre.

Qu'il puisse pour vanger le sang de nos forests
Tousiours noüueaux emprunts sur noüueaux interests
Deuoir à l'vsurier, & qu'en fin il consomme
Tout son bien à payer la principale somme.

Que tousiours sans repos ne face en son cerueau
Que tramer pour-neant quelque dessein noüueau,
Porté d'impatience & de fureur diuerse,
Et de mauuais conseil qui les hommes renuerse.

Escoute, Bucheron (arreste vn peu le bras)
Ce ne sont pas des bois que tu iettes à bas,
Ne vois-tu pas le sang lequel degoute à force
Des Nymphes qui vinoient dessous la dure escorce?
Sacrilege meurdrier, si on pend vn voleur
Pour piller vn butin de bien peu de valeur,

Combien de feux, de fers, de morts, & de deſtreſſes
Merites-tu meſchant, pour tuer nos Deeſſes?

Foreſt haute maiſon des oiſeaux bocagers,
Plus le Cerf ſolitaire & les Cheureüls legers
Ne paiſtront ſous ton ombre, & ta verte criniere
Plus du Soleil d'Eſté ne rompra la lumiere.

Plus l'amoureux Paſteur ſus vn tronc adoſſé,
Enflant ſon flageolet à quatre trous perſé,
Son maſtin à ſes pieds, à ſon flanc la houlette,
Ne dira plus l'ardeur de ſa belle Ianette:
Tout deuiendra muet, Echon ſera ſans voix:
Tu deuiendras campagne; & en lieu de tes bois,
Dont l'ombrage incertain lentement ſe remue,
Tu ſentiras le ſoc, le coutre, & la charrue:
Tu perdras ton ſilence, & Satyres & Pans
Et plus le Cerf chez toy ne cachera ſes Fans.

Adieu vieille Foreſt, le iouet de Zephyre,
Où premier i'accorday les langues de ma Lyre,
Où premier i'entendi les flêches reſonner
D'Appollon, qui me vint tout le cœur eſtonner:
Où premier admirant la belle Calliope,
Ie deuins amoureux de ſa neuuaine trope,
Quand ſa main ſur le front cent Roſes me ietta,
Et de ſon propre laict Euterpe m'allaita.

Adieu vieille Foreſt, adieu teſtes ſacrées,
De tableaux & de fleurs en tout temps reuerées,
Maintenant le deſdain des paſſans alterez,
Qui bruſſez en l'Eſté des rayons etherez,
Sans plus trouuer le fraiz de tes douces verdures
Accuſent tes meurtriers, & leur diſent iniures.

Adieu Cheſnes, couronne aux vaillans citoyens,
Arbres de Iupiter, germes Dodoniéens,

F v

Qui premiers aux humains donnaftes à repaistre,
Peuples vrayment ingrats,qui n'ont sceu recognoistre
Les biens receus de vous,peuples vrayment grossiers,
De massacrer ainsi leurs peres nourriciers.

Que l'homme est malheureux qui au monde se fie!
O Dieux, que veritable est la Philosophie,
Qui dit que toute chose à la fin perira,
Et qu'en changeant de forme vn autre vestira!

De Tempé la valée vn iour sera montagne,
Et la cyme d'Athos vne large campagne.
Neptune quelquefois de blé sera couuert,
La matiere demeure & la forme se perd.

ELEGIE XXXI.

I mes vers semblent doux, s'ils ont eu ce bon-heur
D'honorer ma patrie, ils m'ont rendu l'honneur
Que Clothon m'a filé : & s'ils sont au contraire,
Que me vaudroit,Durban,d'auantage d'en faire?
Ie serois vn grand fol, si les Destins amis
Double vsufruict de vie à l'homme auoient permis,
L'vn pour viure en plaisir,& l'autre en déplaisance:
Au moins en sa douleur l'homme auroit esperance
De viure aise à son tour apres le mal finé,
Mais puis que le Destin à l'homme n'a donné
Qu'vne petite vie, encore toute pleine
(Sur tous les animaux)de trauail & de peine:
Respondez-moy chetif, & pourquoy si souuent

Vous donnez-vous en proye à la fureur du vent,
Afin de rapporter vne barque chargée,
Le naufrage futur de Carpathe ou d'Egée?

Et pourquoy pauure sots, pour gaigner le rempart
De quelque fort chasteau mettez-vous au hazard
Si souuent vostre corps, qui est si foible & tendre,
Qu'à peine se peut-il d'vne fiéure defendre,
Tant s'en faut d'vn canon? & pourquoy tant de fois
Allez-vous mendier des Princes & des Rois
Vne foible & mondaine & chetiue largesse,
Afin d'amonceler vne briéue richesse,
Et ne voyez la mort qui talonne vos pas?

O pauures abusez, hé, ne sçauez-vous pas
Que vous estes mortels? & que la Parque sage
Vous a de peu de iours borné vostre voyage?

ELEGIE XXXII.
Inuectiue.

POurce mignon, que tu es ieune & beau
Vn Adonis, vn Amour en tableau,
Frizé, fardé, qui es yssu d'vn pere
Ausi douillet & peigné que ta mere:
Qui n'as iamais sué ny trauaillé,
A qui le pain en la main est baillé
Dés ton enfance & qui n'as autre gloire
Qu'auoir au flanc vne belle escritoire
Peinte, houpée, & qui n'as le sçauoir

F vj

De lire, escrire, & faire ton deuoir,
Ny d'exercer ta charge qui demande
Vne ceruelle & plus saine & plus grande.
  Tu oses bien au milieu des repas
Ayant les mains le premier dans les plats,
Gorgé de mets & de riches viandes,
De vins fumeux & de saulses friandes;
Tu oses bien te moquer de mes vers,
Et te gauchant les lire de trauers,
A chaque poinct disant le mot pour rire!
  Si tu sçauois qu'ils coustent à escrire,
Si tu auois autant que moy sué:
Resueilleté Homere & remué
Pour la science auec labeur apprendre,
Tu n'oserois, petit sot, me reprendre;
Mais tout raui de merueille & d'esmoy,
En me chantant tu dirois bien de moy,
Et me voyant vn Astre de la France,
Auroismon nom en crainte & reuerence.
  Ie ne suis pas (petit mignon de Court)
Vn importun qui court & qui recourt
Apres tes pas, quand vn Grand luy ordonne
Vn froid present, qui au matin te donne
Bonnet, genoux pour ta grace acquerir:
Ie ne suis tel, i'aimeroy mieux mourir,
Ie suis yssu de trop gentille race:
Ce n'est pour toy que le papier ie trace,
C'est pour moy seul quand i'en ay le loisir,
Et c'est, mignon, faute d'autre plaisir:
Et me plaisant ie veux bien te desplaire.
  Or si ta baue eschaufe ma colere,
Et si ta langue en ton palais n'est coy,

Les chiens, les chats pisseront deſſus toy
Parmi la rue, & mille harangeres
Te piqueront de leurs langues legeres,
Te brocardant de mots iniurieux,
Et la vergongne enuoyront ſur tes yeux.

Et ce-pendant pour bien viure à ton aiſe
Ie te ſouhaitte vne femme punaiſe,
Ie te ſouhaitte vn coquu bien cornu,
Et pour piaſer vendre ton reuenu.

Puis ne pouuant au Roy tes Comptes rendre,
A Mon-faucon tout ſec puiſſes-tu pendre,
Les yeux mangez de corbeaux charongneux,
Les pieds tirez de ces maſtins hargneux,
Qui vont grondant heriſſez de furie,
Quand on approche aupres de leur voirie.

Autre Tombeau tu n'as point merité,
Qui as meſdit de la Diuinité.
Hé, qu'eſt-il rien plus diuin qu'vn Poëte?
Eſprit ſacré, qui tantoſt eſt Prophete
Haut ſur la nuë, & tantoſt il eſt plein
D'vn Apollon, qui luy enfle le ſein?
Enfant du Ciel & non pas de la Terre,
Qui fait touſiours aux ignorans la guerre,
Ainſi qu'à toy ſottelet eshonté,
Enfant aiſné de toute volupté,
Touſiours ſuiui de muguets tes ſemblables.
Mocqueurs, cauſeurs, eſcornifleurs de tables,
Qui bien repeus autant de nez tè font
Qu'a de proboſce vn vieil Rhinoceront?

Et toutefois tu fais de l'habile homme,
Comme nourri à Naples ou à Romme,
Poiſant tes mots en balançant le chef,

Faignant de craindre vn dangereux mechef
Sur noftre France: & curant ta dent creufe
D'vne lentifque efcumeufe & haueufe
Trompes ainfi les pauures abufez,
En la façon que les marchans rufez,
Qui fafraniers par mefchantes praâtiques
N'ont point de draps aux fecondes boutiques,
Mais monftrant tout dés le premier abord
Font bonne mine, & fe vantent bien fort.

Ainfi mignon, fans auoir dedans l'ame
Rien de vertu, tu couures ton diffame
D'vn mafque faux & d'vn front efchouté:
Ainfi fardé de toufe volupté,
Comme vn boufon ton vifage fe monftre
Vn vray Hibou de mefchante rencontre.
Dieu qui ne prend les hommes pour confeil
N'aima iamais les hommes pleins d'orgueil,
Hommes poitris de limoneufe terre,
Frefles & prompts à caffer comme vn verre.
Il hait Briare, & tous ces orgueilleux
Geans mondains, qui tirent apres eux
(Pour n'auoir point de compagnons) l'efchelle
Des grans faueurs & des biens, par laquelle
Ils font montez en haute dignité.
Et ce-pendant ils preftent charité:
A quelque fot qui craintif les adore,
Et tels les penfe, ainfi que fait vn More
Qui peint les fiens auffi noirs comme luy:
Et à foy-mefme il accompare autruy.
Mais fi le fat vieilliffant temporife
Iufqu'à porter au menton barbe grife,
Il les verra trebucher d'vn beau faut,

Où ses enfans en verront l'eschafaut.
„Tousiours du Ciel la bruyante tempeste
„Des hauts rochers vient saccager la teste
„Où les esclats des foudres trebuchans
„Vont pardonnant aux collines des champs.

Heureux celuy qui du coutre renuerse
Son gras gueret d'vne peine diuerse
Tantost semant, labourant & cueillant,
Dés le matin iusqu'au soir tranaillant!

Si tant d'orgueil autour de luy n'habite,
Si tant de biens qui s'escoulent si viste,
A tout le moins il loge en sa maison
Moins de faueur, & beaucoup de raison,
Dont il gouuerne en repos sa famille,
Loin du Palais, du Prince & de la ville:
Où tu languis aux portes bien souuent
Des grans seigneurs pour vn petit de vent,
Pour la faueur qui s'enfuit comme vn hoste
Que la Fortune en quatre iours nous oste.

Beaucoup de biens tu apprens d'acquerir,
Mais tu n'apprens, petit sot à mourir,
Ny d'estre aimé, ny à sauuer ta vie,
Ny à tromper la rancune & l'enuie
Qui te poursuit d'vne haine en son cœur,
Et tout le Ciel accuse de rigueur,
Dequoy tu vis, & dequoy ta carcasse
De Mont-faucon ne pend sur la terrace.

ELEGIE XXXIII.

AV SIEVR BARTHELEMI
DEL-BENE GENTIL-HOMME FLO-
rentin, Poëte Italien excellent, pour res-
ponse & reuanche à deux de ses Odes
Italienens.

EL-Bene (second Cigne apres le Flo-
    rentin,
    Que l'art, & le sçauoir, l'Amour,
    & le Destin,
    Firent voler si haut sur sorgue la
    riuiere,
Qu'il laissa de bien loin tous les autres derriere,
Sinon toy, qui de pres suis son vol, & sa vois,
Pour chanter les honneurs des Princes & des Rois)
Ie pensoy qu'en pur don ta Muse m'eust donnée
Vne Ode, sur ton Luth diuinement sonnée,
Et que mon nom estoit de ton papier rayé:
Mais à ce que ie voy tu veux estre payé.

    Ie le veux, c'est raison : de moy pour centr'-eschäge
Tu auras en payment loüange pour loüange,
Vn clou repousse l'autre : en la mesme façon
Tu auras Vers pour Vers, & Chanson pour Chanson.
Comme on voit par saisons les ventres des campagnes
Fertiles maintenant, & maintenant brehagnes
Porter l'vn apres l'autre, & fourment & buissons,
Et tousiours à plein sein ne iaunir de moissons,

Ainsi les bons esprits ne font tousiours demeure,
Fertils en vn pays, mais changent d'heure en heure,
Soit en se reposant, soit en portant du fruit.

Depuis que ton Petrarque eut surmonté la Nuit
De Dante, & Caluacant & de sa renommée,
Claire comme vn Soleil, eut la Terre semée,
Fait citoyen du Ciel, nul apres luy n'a peu
Grimper sur Helicon pour y estre repeu
A la table des sœurs de leur saincte Ambrosie,
Qui seule donne l'ame à nostre poësie:
Plusieurs ont essayé ce beau labeur en vain,
Mais la Muse à chacun ne donne de son pain.

Or les dons d'Apollon dont se vid embellie,
Quand Petrarque viuoit, sa natiue Italie,
Estoient perdus sans toy, des Muses amoureux:
Qui plein d'vne ame viue, & d'vn cœur genereux,
Ouurant le cabinet de leur grotte sacrée,
Presque seul as remis les vers en ta contrée.

Dormant en paix les morts ie ne veux offenser
Ceux qui ont ja passé ce qu'il nous faut passer.
Sur leur tombe florisse & le Lis & la Roze.
,, Vn homme fait beaucoup quand seulement il oze.

Amour, apres la mort de ce noble Tuscan,
De tous fut mis en vente ainsi comme à l'encan:
Chacun le respiroit, il n'auoit plus de flèches,
Ny d'arc, ny de carquois, de torches, ny de méches,
Quand tu en eus pitié, & soudain tu luy fis
(Comme ce bon Dedale à Icare son fils)
Des plumes pour voler par toute l'Etrurie,
Tes vers luy redonnant Temples & Seigneurie.

Si tost que ton menton par l'âge fut blanchi,
Et ton cœur des ardeurs de Venus affranchi

Laissant Amour à part, d'vn plus braue courage
Tu commenças d'ourdir vn difficile ouurage,
Imitant les Romains, les Grecs, & les François:
Ce fut de marier les cordes à la vois,
Celebrant Tusquement, par tes chansons Lyriques,
Les illustres vertus des hommes heroïques:
Où ton docte labeur le surpasse d'autant,
Que le Rossignol passe vn Pinçon en chantant,
Quand Auril tend l'oreille aux complaintes legeres
Des oiseaux amoureux, Sereines bocageres.
   Car choisissans des vers & maslez & hardis,
Et des mots courageux, en ta langue tu dis
Vn argument nouueau forgé sur ton enclume,
A toy mesmes trassant vn chemin par ta plume,
Pour monstrer que l'esprit inuente tous les iours,
Sans voir iamais tarir la source de son cours.
   Sous les ombres là bas le Calabrois Horace,
Entre les Myrthes verds te quitera sa place:
Et Pindare Thebain te cedera son lieu:
Ainsi entre deux Dieux tu seras nouueau Dieu,
Tant la Muse (ta Circe) en te changeant, a force
De faire vn corps diuin de ta mortelle escorce.

Fin des Elegies.

ODE DEL SIGNOR BAR-
THOLOMEO DEL-BENE,

Al signor Pietro Ronsardo Gentil-huomo Vandomese, excellen-tiss. Poëta Franzese.

V'ando auido huomo, e industre
L'inteste merci sue diseta & d'oro
Crede alla dubbia fe di mano illustre,
Che mal dispensa il ricco suo tesoro;
  Nutrito i mesi & glianni
De promesse & speranze vane ogniora,
Per ristorare i suoi passati danni,
Nuoue merci, & nuouo oro arrischi ancora:
  Et con nouello inchiostro,
Et nuoui patti rotta se risalda,
Che si raro si troua al secol nostro
Ne i superbi palazi intera & salda,
  Tal l'humil Musa mia
Credette vn tempo che nouello carme
Desteria il souuenir, che in te dormia
Delle promesse tue di chiaro farme
  Con le tue dotte carte,
Qual da me furon gia con fosche note
Le degne lodi tue dipinte & sparte,
Et fatte, se non qui, cantando, note,

Al men la d'Arno all' onde,
Doue nacque il canoro Cigno, & raro,
Delle cui opre, à null' altre seconde,
Imitator sei tu sublime & chiaro.
    Ma di tal speme al fine
Caduti i vanni al mio lungo desire
Mirando le tue Muse alte & diuine
Spesso honorar del mio piu scabro dire,
    Fei qual rozo pittore,
Sperato in van d'essere al viuo espresso
Da man piu dotta, & con piu bel colore,
Ch' allo specchio figura al fin se stesso:
    Cosi me stesso hagg'io
Pinto nelle mie carte al terso speglio
De gli occhi del mio Sol sereno & pio,
Si ch' altri non m'haria ritratto meglio,
    Se pur del nostro oprare
Tosca chiara Academia il ver m'accenna,
Dicendo che'l mio stil basta à impetrare
Quel che indarno io sperati da la tua penna.

                                    F vij

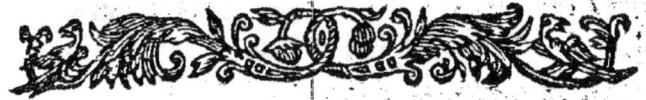

ELEGIÆ NOMINE P. RON-
SARDI ADVERSVS EIVS
obtrectatores & inuidos scripta à
Mich. Hospitalio, Franciæ Cancel-
lario.

Agnificis aulæ cultoribus at-
que Poëtis
Hęc Loria scribit valle Poëta
nouus:
Excusare volens vestras quòd lęserit aures,
  Obsessos aditus iam nisi liuor habet:
Excusare volens quòd sit nouitatis amator
  Verború, cùm vos omnia prisca iuuent.
Atque vtinã antiqui vestris ita cordib' altè
  Insitus officij cultus amórque foret!
Non ego consciissus furiali dente, laborem
  Spicula de tergo vellere sæua meo.
Nõ ego, qui táti mihi caussa fuere doloris,
  Auxilium à nostris versibus ipse petam.
Nõ ego nũc Musas supplex orare Latinas,
  Rebus & afflictis poscere cógar opem.
Nam me cur patria coner defédere lingua,
  Quò rursus vitio plectar, vt antè, meo?
An risum vt cumulũ ridere volentibus illis,
  Et soluam duplici seria tanta ioco?
Spero equidem vestris hęc posse Latina
  probari

Auribus, & veniæ me reperiſſe locum.
Aut, minus hęc ſi fortè valebunt, nil lubet
   yltra
   Quærere, poſtremus ſit meus iſte labor.
Nulla noui cernentur in his veſtigia verbi,
   Nec vocis nobitas vos odioſa premet.
Quod mihi nunc præſtat Romanæ copia
   linguæ,
   Paupertas noſtræ ſuſtulit antè mihi.
Vos antiqua dari nullo diſcrimine vobis
   Poſcitis, in medio nataáque verba foro.
Nos referre putam an hac ſcribatur, an illa,
   Auctoris locuples linguaue pauper erit?
Hæc quoque poſterius vos nunc expendite
   mecum
   Quale boni officium debuit eſſe viri.
Si cui tanta fuit iuuenili in corpore virtus,
   Auſit vt inſuetos ſtultus inire modos:
Et cadat infelix confeſtim in limine primo,
   Et madidum turpi verberet ore ſolum:
Quid facias? trásferre alió coneris, & artem
   Linquere præcipias, cui minus aptus erat:
Sin valet ingenio, & quáuis nó optima fecit
   Prima, tamen ſpes eſt pòſt meliora fore.
Continuò iubeas cœpto deſiſtere curſu,
   Aut regredi prima, qua ſtetit ille, via?
Pergere commoneas potius, niſi triſtis ab
   omni
   Officio prorſus corda remota geris.
Ætas eſt ætate regenda, ſeniſq; maligni eſt
   Conſilio iuuenem nolle iuuare ſuo:
Extremæ ſed nequitiæ maledicere ſurdo,

Crefcere & alterius poffe putare malis.
Diceris vt nóftris excérpere carmina libris,
 Verbáque iudicio peffima quæque tuo
Trúca palā Regi recitare & Regis amicis:
 Quo nihil improbi* gignere terra poteft.
Monftrares integra fuis cū partibus & quo
 Dicta modo, quo fint ordine, quóq; loco:
Virtutes pariter melioráque verba notares,
 Compénfas paucis vel mala plura bonis:
O cæcum inuidiæ crimen! non cernis, vt
 intus
 Non mea, fed mores rideat ille tuos.
Solus nempe vides, aut fol tibi fcilicet vni
 Nafum & iudicij lumen habere dedit.
Tu modò fi bellè & feftinè pauca locutus
 Rifum aliis, rifum moueris ipfe tibi:
Magnum te feciffe putas, ea fcilicet ingens
 Magnáque fcurrilibus gloria parta iocis.
O ftulti veræque ignari laudis, in ifto
 Ducitis egregium vincere curriculo?
Quo præftat vobis iratus fcriba, vel is qui
 Legatus nuper venerat Antipoli?
Sed quifnā vobis hoc regni detulit, vt non
 Arbitrio liceat fcribere cuique fuo?
Lex eft, abfentis fi quis maledixit amico,
 Si famam læfit, nomen & alterius:
Si contra Régem petulanti protulit ore,
 Aut contra fuperos impia verba Deos.
Præterea fraudi nunquam fuit antè Poëtis
 Siue bonos verfus fcribere, fiue malos.
Quis reges iftos, quis poffit ferre Tyrános,
 Delatum & falfis vatibus imperium?

Vestram oés imploro fidé, testórq; Poëtæ
  Libera difficili soluite colla iugó.
Vestrum ius adimi,libertatémque sinetis,
  Qua decus erepta versibus omne perit?
Nam si oés hæc tam crudelia regna feratis,
  Desertus vobis sim licet,ipse feram.
Verum age,dic aliquid cur nolis verbâ no-
    uari.
  Seu decuit fieri,siue necesse fuit:
Præsertim Græcis cũ fontibus illa trahâtur,
  Nec sint arbitrio nomina ficta meo,
Nã Greci nisi multa nouassent atq; Latini,
  Non ea verborum copia vísque foret.
Sed primi studuêre homines sermonis ád
    vsum
  Diuitias patriæ suppeditare suæ.
Rhetoribus parcè res & têptata prudenter
  Examen populi iudiciúmque subit.
Pars mox cœpta coli:cũ pars reiectã fuisset,
  Post æquè placuit versa per ora virûm.
Liberiùs prisci fabricarunt verbâ Poëtæ,
  Sed populi quæ non vsibus apta forent.
Ipsos namque putes aliena scribere lingua,
  Tam variis constant disparibúsque notis.
Hæc quondam populus risit, risêre Poëtæ
  Ipsi principio non sibi nota satis,
Vt mea tu rides,sic est derisus ab illis
  Æschilus,& qui etiã nomé ab ære tulit.
Nec pòst cessauêre noui noua cõdere Vates
  Nomina verborum, parciùs illa tamen.
Propterea Greci scriptores atque Latini
  Et parcè & timidè verba nouare iubent.
                  Prisci

Qui poterit varios tenuis compónere versus,
  Diuersis eadem facta referre modis,
Niuel multa nouit, vel mutua plurima sumit
  Ni vacat augendis ingeniosa suis;
Quid?multos nó hęc regio tulit ante Poëtas,
  Carmináq́. à nostris multa leguntur auis;
Scripta quidem fateor,sed quæ tamen omnia
    nullam
  Ingenij laudem lecta vel artis habent.
Nó quisquis potuit numerose claudere ver-
    sum
  Continuó vatis nomine dignus erit.
Multa habeat prouisa necesse est ante, Poëtę
  Egregij nomen quisquis habere volet.
Vt veterú ediscat moniméta, nec vllius artis
  Doctrinæve pium pectus inane gerat:
Vt possit Reges & Regum dicere pugnas,
  Possit ab armatis oppida capta viris.
Vt teneat quoscunq́ animis accédere motus
  Cùm volet, accensos vt cohibere sciat.
Scilicet hęc tua sunt, prestabis & omnia sol’,
  Vnum te toto pectore Phœbus amat.
Hæc te posse amens profiteris?non ego:verú
  Vt possem, puero maxima cura fuit,
Sed me conantem Latio déducere Musas,
  Atque illis patrio ponere templa solo,
Turbauere mali vates, falsique Poëtæ,
  Quos premit inuidiæ laus aliéna malo.
O nimium verè sapientem, qui sibi tantùm
  Contentus patriis laudibus ipse canit:
Nec longinqua virú quærit volitare per ora,
  Nomen & ad cœli sidera ferre suum:

G

Nec prodeſſe ſuis vt poſſet ciuibus olim,
  Inuidiæ ſolus ſubdidit ipſe caput.
Eſt tamé eſt aliquid quo me cóſolor, & vndè
  Auxilium plagis vulneribuſque petam.
Deſpect⁹ tibi ſim nó ſic mea carminá vexes,
  Non rabido toties, vt facis, ore petas:
Nó metuas iaceát lectis ſemel vt tua noſtris
  Non tacitus dicas hei mihi quid faciam?
Hic nos eiiciet regno, plebémque videri
  Efficiet, turbas innumeráſque dabit.
Viſa ſemelq. audita placebunt iſta, placebūt,
  Immundique teréut vilia noſtra pedes.
Hęc tecū tu, ſi quid habes modò luminis ſint⁹
  Attonitum niſi cor vel ſine mente geris.
Quos mihi nunc animos, quantas in carmi-
    na vires,
  Et quam ſpem reliqui temporis eſſe putas?
Cùm videam miſerū torqueri verſibus iſtis,
  Qui mihi vix placeant ni tibi diſpliceant.
Nó etenim noſtri tá ſum quá fingis amator,
  Vt mea confeſtim qualiacumque probem.
Mutem quinetiam vel te monitore libentér,
  Quæ noua ſunt ſcriptis vel peregrina meis
Vt mihi ne verè poſthac male dicere poſſis,
  Atratis mala nec pungere verbá notis.
Vtque adimam ridere tibi, quó diceris vno
  Inter honoratos ſcurra valere greges.
Qui mos quá ſacro Chriſti ſit pręſide dignus,
  Videris id tute, Gallia tota videt.
At tibi cùm fuerit factum ſatis, ipſe viciſſim
  Oris pone tui ſpicula pone faces.
Non mihi ſemper erit circū patiētia

Non tua perpetuò dicta salésque ferant,
Inuitus iuro, tristis accingat Iambos,
Læsus & expediam carmina mille tibi,
Quæ miserum subigant laqueumvel nectere
　　collo,
Francica vel turpi linquere regna fuga:
Vt discant homines, linguæ sors vltima, &
　　oris.
Exitus effreni quàm miser esse solet.

TABLE ALPHABETIQVE
des Elegies.

G ij

PLVS.

FIN.

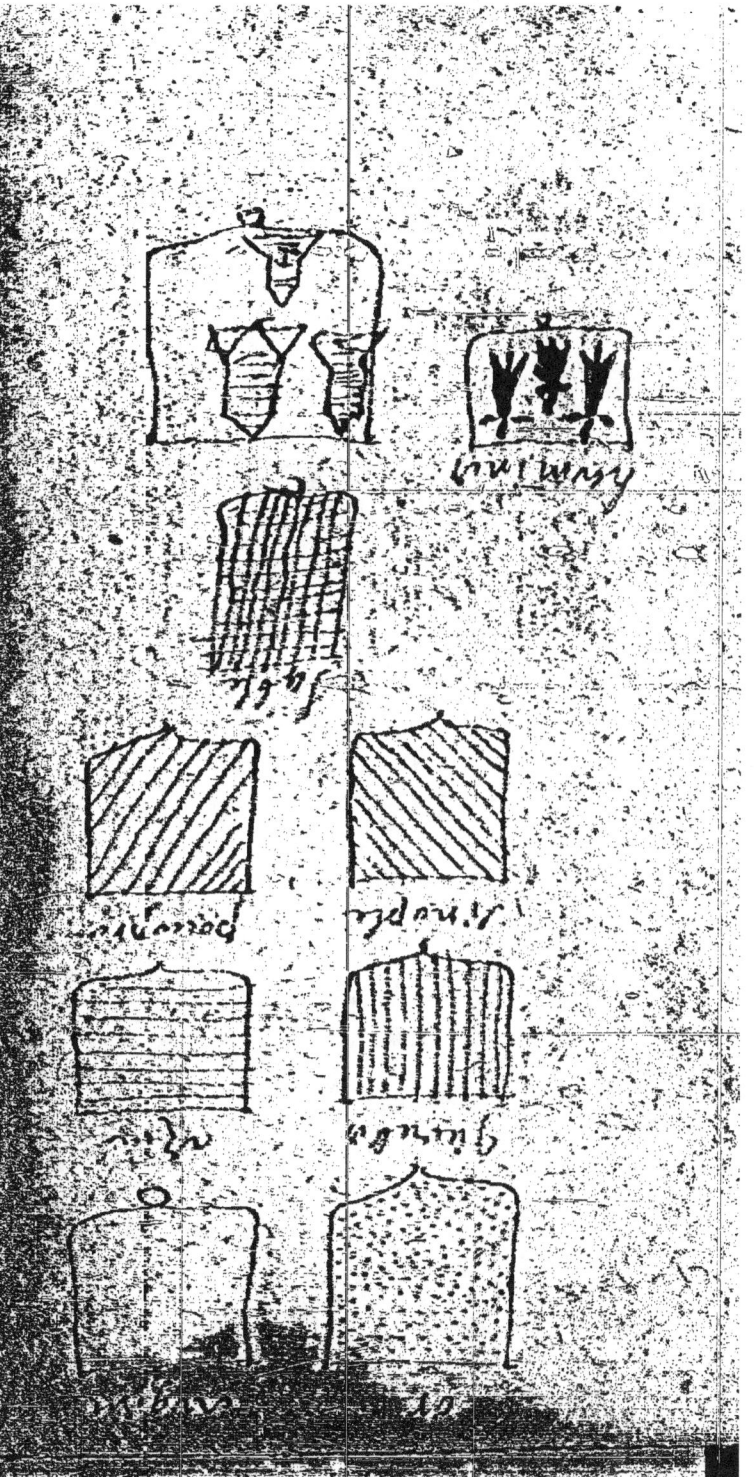